Vivre Comme ...

LES
HOMMES
PRÉHISTORIQUES

Charlotte Hurdman

De La Martinière
jeunesse

SOMMAIRE

Traduction et adaptation Édith Ochs et Bernard Nantet

Édition originale publiée en 1998 par Lorenz Books
© Anness Publishing 1998
Pour l'édition française :
© 1999, De La Martinière Jeunesse (Paris, France)
Dépôt légal : mars 1999
ISBN : 2-7324-2482-X
Imprimé à Singapour

Crédits photographiques :
b=bas ; h=haut ; c=centre ; g=gauche ; d=droite

B and C Alexander : 10hg, 12h, 27bg, 38g, 39hg, 39hd, 41h, 45bd, 47hg, 60d ; The Ancient Art and Architecture Collection Ltd : 5hg, 11h, 35hd, 37hg, 42g, 43b, 49cg, 58d, 59hg ; Heather Angel : 25bc ; The Bridgeman Art Library : 4g, 14b, 15hd, 15bd, 16g, 24g, 41c, 51bd, 58g, 59cd, 61bg ; The British Museum : 12c, 29hd ; Peter Clayton : 3, 35cd, 49hg, 49hd, 50bg, 51cg ; Bruce Coleman : 25h, 28bd, 35bg, 40h, 60g, ; Colorific : 61h ; Sylvia Corday : 15hg, 22cd ; C M Dixon : 2, 5hd, 8g, 14g, 17hg, 18g, 20d, 23hg, 24d, 26h, 26b, 28h, 29hg, 30b, 33hd, 33c, 34h, 34bg, 34bd, 36g, 36d, 37hd, 38d, 40cd, 42d, 44bg, 46g, 48g, 48d, 50h, 50bd, 53cd, 54d, 56h, 56b, 57bg, 57bd, page de titre ; Ecoscene : 44h, 31hd ; E T Archive : 9h, 59hd ; Mary Evans Picture Library : 10b, 13hg, 17hd, 27bd, 35hg ; FLPA : 11cg, 29bd, 51cd ; Werner Forman Archive : 39bc, 47c, 54g, ; Fortean Picture Library : 45h, 46d, 52c ; Robert Harding 5cg, 11b, 13b, 15bg, 23cg, 31hg, 31bd, 53hg, 53hd ; Museum of London : 28bg ; Museum of Sweden : 25c.

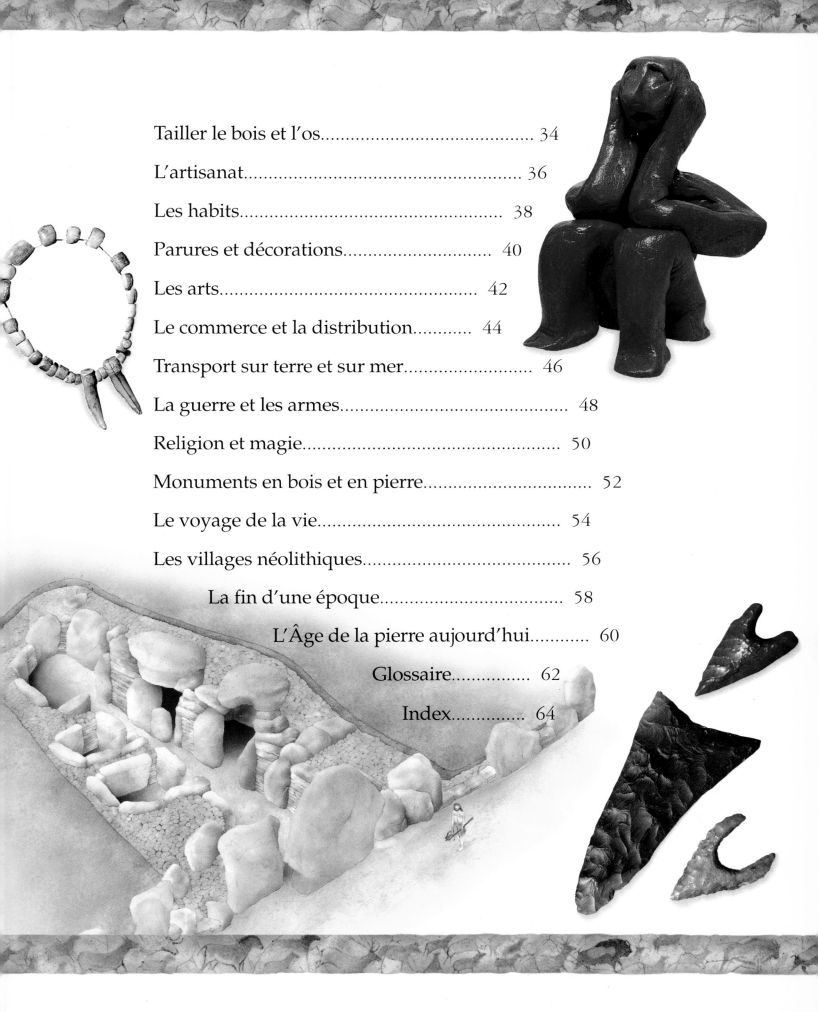

L'aube de l'Humanité

La première période de l'histoire humaine s'appelle l'âge de la pierre. La pierre servait à fabriquer des outils et des objets, dont certains sont parvenus jusqu'à nous. Le bois, l'os et les végétaux étaient aussi utilisés, mais il en reste peu de traces. Nos premiers ancêtres ont fabriqué des outils en pierre depuis 2 millions d'années au moins, mais notre histoire ne débute réellement qu'avec l'arrivée de l'homme moderne, appelé *Homo sapiens sapiens*, il y a 100 000 ans. L'âge de la pierre fait partie de la préhistoire et s'achève avec l'apparition de l'écriture. Les archéologues sont des détectives qui essaient de reconstituer le passé. Des techniques particulières, comme les datations au carbone 14, aident les spécialistes à imaginer la vie des hommes il y a des milliers d'années. On peut aussi comprendre comment vivaient les premiers hommes en étudiant le mode de vie des chasseurs-cueilleurs actuels.

SQUELETTES ET SÉPULTURES

Ce squelette est celui d'un homme de Neandertal inhumé il y a 60 000 ans. Les restes humains et les objets enterrés avec eux peuvent nous apprendre beaucoup sur nos ancêtres.

LES GROTTES ORNÉES

Cette peinture de bison provient de la grotte d'Altamira, en Espagne. Elle a été peinte il y a 13 000 ans av J.-C. Les grottes ornées montrent souvent les animaux qu'on chassait à cette époque.

CHRONOLOGIE 120 000 À 10 000 AV. J.-C.

La vaste période couvrant l'évolution de l'homme préhistorique est difficile à dater et ne peut être qu'approximative.

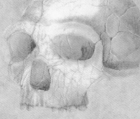

120 000 av. J.-C. L'homme de Neandertal, ou *Homo sapiens neandertalensis*, vivait en Europe et au Moyen-Orient. Des vestiges en Irak montrent qu'il enterrait ses morts.

Femme de Neandertal

100 000 av. J.-C. L'homme moderne, ou *Homo sapiens sapiens*, vivait dans l'est et le sud de l'Afrique.

Crâne d'Homo sapiens neandertalensis

50 000 av. J.-C. Des hommes venus du Sud-Est asiatique s'installent en Australie.

42 000 av. J.-C. Utilisation d'ocre rouge d'origine minérale au Swaziland, en Afrique australe.

38 000 av. J.-C. L'homme moderne habite à Cro-Magnon, dans le Périgord.

Crâne d'Homo sapiens sapiens

| 120 000 av. J.-C. | 100 000 av. J.-C. | 80 000 av. J.-C. | 60 000 av. J.-C. | 30 000 av. J |

SCULPTURES

Ces petites sculptures de femmes préhistoriques s'appellent des vénus. Celle-ci a été faite il y a près de 23 000 ans av. J.-C. Ces sculptures de l'âge de la pierre donnent une idée des croyances et de la mentalité de ces populations.

SCÈNES DE LA VIE QUOTIDIENNE

Cette gravure sur roc de Namibie montre deux girafes. Elle a été gravée par des chasseurs d'Afrique australe vers 6 000 ans av. J.-C. L'Amérique du Nord est le seul continent où des œuvres préhistoriques aussi anciennes n'ont pas été découvertes.

OUTILLAGE

On devine, en les regardant, quel pouvait être l'usage de ces outils de pierre. Ce hachoir et ces grattoirs servaient à préparer les repas et les peaux.

DES TRACES DANS LES GROTTES

Beaucoup d'abris sous roches, fréquentés par les troupeaux, et de grottes naturelles, comme celle-ci à Malte, ont été habités pendant des milliers d'années. Un grand nombre de nos connaissances sur les hommes préhistoriques proviennent de l'étude des couches successives laissées au cours des siècles par les occupants de ces grottes.

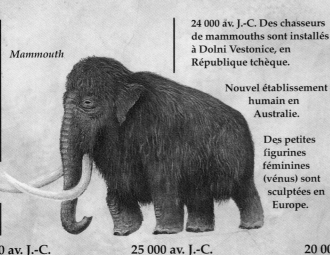

Mammouth

24 000 av. J.-C. Des chasseurs de mammouths sont installés à Dolni Vestonice, en République tchèque.

Nouvel établissement humain en Australie.

Des petites figurines féminines (vénus) sont sculptées en Europe.

Grotte ornée

16 000 av. J.-C. La dernière période glaciaire, appelée aussi le dernier âge glaciaire, est à son maximum.

15 000 av. J.-C. Les peintures et les gravures sur os et bois de renne les plus remarquables de l'âge de la pierre sont exécutées en Europe.

10 500 av. J.-C. On fabrique de la poterie au Japon.

Des populations originaires d'Asie parviennent sur le continent américain et atteignent l'Amérique du Sud. Certaines s'installent à Monte Verde, au Chili.

| 000 av. J.-C. | 25 000 av. J.-C. | 20 000 av. J.-C. | 15 000 av. J.-C. | 10 000 av. J.-C. |

LE MONDE DE L'ÂGE DE LA PIERRE

L'âge de la pierre est la plus longue période de l'histoire de l'humanité. Elle a été divisée en plusieurs phases, selon le genre d'outillage utilisé par les hommes. La première et la plus longue de ces divisions est le paléolithique (âge de la pierre ancienne), qui débuta il y a 2 millions d'années. Elle est caractérisée par la fabrication des premiers outils en pierre. Il y a quelque 10 000 ans av. J.-C., elle fut suivie par le mésolithique (âge de la pierre moyenne), une période intermédiaire durant laquelle on a commencé à utiliser de nouveaux outils comme des arcs et des flèches pour chasser le cerf et le sanglier. À partir de 8 000 ans av. J.-C., le néolithique (âge de la pierre nouvelle) marque les débuts de l'agriculture. Toutefois, ces divisions ne sont pas toujours faciles à définir, car l'âge de la pierre ne s'est pas terminé partout en même temps. En réalité, il a pris fin dans les parties du monde où le travail du métal s'est généralisé.

Les hommes et les femmes vivent aujourd'hui sur toute la surface de la Terre, mais les opinions varient sur la manière dont cela s'est passé. Certains pensent que l'homme moderne s'est d'abord développé en Afrique avant de gagner l'Asie et l'Europe. Pour d'autres, il n'a évolué qu'après s'être établi dans chacune des parties du monde. Les premiers hommes à atteindre l'Amérique, il y a 13 000 ans ou plus, venaient vraisemblablement de Sibérie par le détroit de Bering, qui n'était pas encore recouvert par la mer.

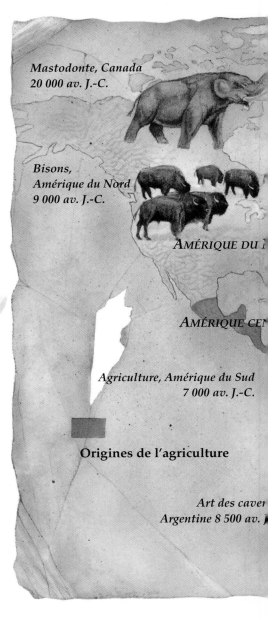

Mastodonte, Canada
20 000 av. J.-C.

Bisons,
Amérique du Nord
9 000 av. J.-C.

AMÉRIQUE DU N

AMÉRIQUE CEN

Agriculture, Amérique du Sud
7 000 av. J.-C.

Origines de l'agriculture

Art des caver
Argentine 8 500 av. J

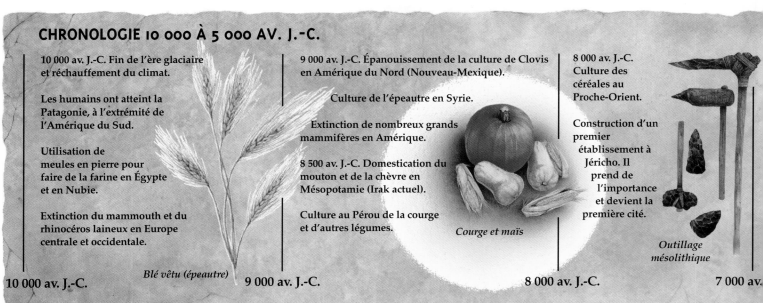

CHRONOLOGIE 10 000 À 5 000 AV. J.-C.

10 000 av. J.-C. Fin de l'ère glaciaire et réchauffement du climat.

Les humains ont atteint la Patagonie, à l'extrémité de l'Amérique du Sud.

Utilisation de meules en pierre pour faire de la farine en Égypte et en Nubie.

Extinction du mammouth et du rhinocéros laineux en Europe centrale et occidentale.

Blé vêtu (épeautre)

9 000 av. J.-C. Épanouissement de la culture de Clovis en Amérique du Nord (Nouveau-Mexique).

Culture de l'épeautre en Syrie.

Extinction de nombreux grands mammifères en Amérique.

8 500 av. J.-C. Domestication du mouton et de la chèvre en Mésopotamie (Irak actuel).

Culture au Pérou de la courge et d'autres légumes.

Courge et maïs

8 000 av. J.-C. Culture des céréales au Proche-Orient.

Construction d'un premier établissement à Jéricho. Il prend de l'importance et devient la première cité.

Outillage mésolithique

10 000 av. J.-C.   9 000 av. J.-C.   8 000 av. J.-C.   7 000 av.

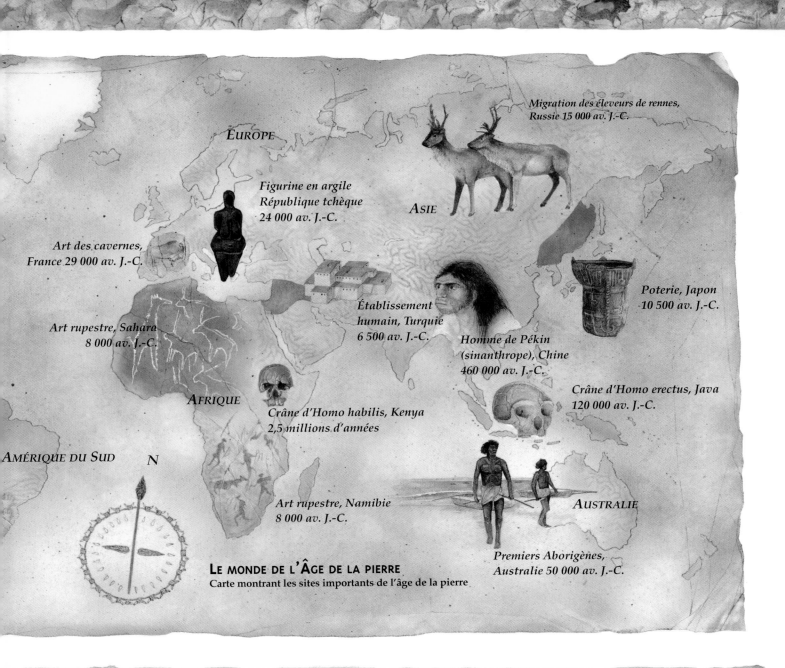

Migration des éleveurs de rennes,
Russie 15 000 av. J.-C.

EUROPE

Figurine en argile
République tchèque
24 000 av. J.-C.

ASIE

Art des cavernes,
France 29 000 av. J.-C.

Établissement
humain, Turquie
6 500 av. J.-C.

Poterie, Japon
10 500 av. J.-C.

Art rupestre, Sahara
8 000 av. J.-C.

Homme de Pékin
(sinanthrope), Chine
460 000 av. J.-C.

AFRIQUE

Crâne d'Homo erectus, Java
120 000 av. J.-C.

Crâne d'Homo habilis, Kenya
2,5 millions d'années

AMÉRIQUE DU SUD   N

AUSTRALIE

Art rupestre, Namibie
8 000 av. J.-C.

Premiers Aborigènes,
Australie 50 000 av. J.-C.

LE MONDE DE L'ÂGE DE LA PIERRE
Carte montrant les sites importants de l'âge de la pierre

7 000 av. J.-C. Fabrication de la poterie en Chine et au Proche-Orient.

Activité urbaine à Çatal Höyük (Turquie actuelle).

6 300 av. J.-C. Culture de la pomme de terre au Pérou.

Utilisation de pirogues à Pesse, aux Pays-Bas.

Pirogues et pagaies

6 000 av. J.-C. Animaux domestiqués, agriculture et art rupestre au Sahara.

Utilisation du cuivre et de l'or en Mésopotamie.

Débuts de l'agriculture en Grèce et dans le sud-est de l'Europe.

Introduction en Égypte de l'agriculture et du mouton.

Mouton

Les îles Britanniques sont séparées du continent européen par l'élévation du niveau de la mer.

5 500 av. J.-C. L'irrigation est pratiquée en Mésopotamie.

5 300 av. J.-C. Agriculture et élevage en Europe centrale et fabrication de la poterie.

00 av. J.-C.   6 000 av. J.-C.   5 000 av. J.-C.

Les hommes d'autrefois

Les hommes modernes et leurs ancêtres sont appelés des hominidés. Ils se divisent en deux grands groupes : les australopithèques et le genre *Homo*. Les australopithèques apparurent il y a près de 4 millions d'années et s'éteignirent 3 millions d'années plus tard. L'apparition du premier hominidé du genre *Homo*, appelé *Homo habilis*, remonte à plus de 2 millions d'années. Comme les australopithèques, il vivait en Afrique australe et en Afrique orientale.

L'HOMME DE PÉKIN

Cette reconstitution représente un *Homo erectus* trouvé en Chine. On l'a appelé l'Homme de Pékin. Il a vécu entre 460 000 à 230 000 ans. Les chercheurs pensent qu'*Homo erectus* était le premier à savoir faire du feu.

Il y a 1 million et demi d'années, *Homo erectus*, un nouvel hominidé, quitta l'Afrique et commença à peupler l'Asie puis l'Europe. Avec le temps, il donna naissance à *Homo sapiens*, puis à *Homo sapiens sapiens* ou l'homme moderne, c'est-à-dire nous-mêmes. 10 000 ans av. J.-C., *Homo sapiens sapiens* s'était établi sur tous les continents, excepté l'Antarctique.

HOMMES ET FEMMES DE CRO-MAGNON

Les Cro-Magnons furent les premiers hommes modernes vivant en Europe, il y a environ 40 000 ans. La photographie ci-dessus montre la sépulture d'un jeune Cro-Magnon dont les restes furent retrouvés dans une grotte du pays de Galles. Son corps était enduit d'ocre rouge et il portait des bracelets et un collier en dents d'animaux.

CHRONOLOGIE 5 000 À 2 000 AV. J.-C.

5 000 av. J.-C. Culture du riz dans des rizières inondables en Chine orientale.

En Asie du Sud-Est, de vastes régions deviennent des îles à cause de la hausse du niveau de la mer.

La Nouvelle-Guinée et la Tasmanie se trouvent séparées de l'Australie.

Riz sauvage

4 500 av. J.-C. Début de la culture du riz en Inde.

Début de l'agriculture dans le nord-ouest de l'Europe.

4 400 av. J.-C. Des chevaux sauvages sont domestiqués dans les steppes (plaines herbeuses) de la Russie.

4 200 av. J.-C. Des sépultures mégalithiques en pierres de grandes dimensions sont édifiées en Europe occidentale.

4 100 av. J.-C. Le sorgho et le riz sont cultivés au Soudan (Afrique).

4 000 av. J.-C. Début de la métallurgie du bronze au Proche-Orient.

Exploitation à grande échelle du silex dans le nord et dans l'ouest de l'Europe.

Début de la domestication du cheval

3 500 av. J.-C. Domestication du lama au Pérou.

Construction de la première cité à Sumer, en Mésopotamie.

L'invention de la charrue et de la roue au Proche-Orient se propage en Europe.

3 400 av. J.-C. En Égypte, construction de cités entourées d'une enceinte fortifiée.

3 200 av. J.-C. Utilisation de bateaux à voile sur le Nil.

| 5 000 av. J.-C. | 4 500 av. J.-C. | 4 000 av. J.-C. | 3 500 av. J.-C. | 3 200 av. J. |

AUSTRALOPITHÈQUES
de 4,5 à 2 millions d'années

Selon les archéologues, nos premiers ancêtres étaient originaires d'Afrique. Certains, comme *Australopithecus africanus*, marchaient debout.

HOMO HABILIS
de 2 à 1,6 millions d'années

Homo habilis s'était redressé mais possédait encore de longs bras. Il fut probablement le premier hominidé à fabriquer des outils et à chasser.

HOMO ERECTUS
de 1,6 million d'années à 400 000 ans

Cet hominidé avait un cerveau plus volumineux qu'*Homo habilis*. Il était peut-être aussi grand et massif que l'homme moderne, et un excellent chasseur.

HOMME DE BROKEN HILL

Cet *Homo erectus* habitait la Zambie actuelle. Il utilisait de nouveaux outils, faisait du feu, vivait dans des abris sous roches et construisait des huttes.

HOMME DE NEANDERTAL
de 120 000 à 33 000 ans

Homo sapiens neandertalensis fabriquait des outils en silex. Les néandertaliens furent les premiers hommes préhistoriques à enterrer leurs morts.

HOMME MODERNE
depuis 100 000 ans

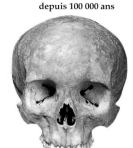

Notre sous-espèce, appelée *Homo sapiens sapiens*, a commencé son évolution hors d'Europe il y a plus de 100 000 ans.

LES NÉANDERTALIENS

Cette sous-espèce d'*Homo sapiens* a peuplé l'Europe et l'Asie occidentale. Issus d'une forme archaïque d'*Homo sapiens*, les néandertaliens ont vécu entre 120 000 et 33 000 ans, durant la grande période glaciaire. L'homme de Neandertal avait un cerveau large et volumineux.

HOMO SAPIENS

Ce crâne appartient à l'un des premiers hommes modernes, une espèce qui a commencé son évolution il y a 400 000 ans.

---

3 200 av. J.-C. En Irlande, construction du grand dolmen à couloir de Newgrange.

3 100 av. J.-C. Apparition de l'écriture cunéiforme en Mésopotamie.

3 000 av. J.-C. Domestication du maïs en Amérique centrale.

Village néolithique de Skara Brae dans les Orcades, au nord de l'Écosse.

Évolution du maïs

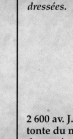

2 800 av. J.-C. Édification des premiers talus à Stonehenge, en Grande-Bretagne.

Exploitation du silex à Grimes Graves, en Grande-Bretagne.

En Grande-Bretagne, Stonehenge, un cercle préhistorique de pierres dressées.

2 600 av. J.-C. La traite et la tonte du mouton, la domestication du cheval ainsi que l'attelage du bœuf à la charrue gagnent l'Europe à partir du Proche-Orient.

2 000 av. J.-C. L'usage du bronze se répand en Asie et en Europe.

00 av. J.-C.   2 800 av. J.-C.   2 600 av. J.-C.   2 400 av. J.-C.   2 000 av. J.-C.

LE CLIMAT ET LA LUTTE POUR LA VIE

COUVERT DE GLACE
Ce glacier de l'Alaska est constitué de glace formée il y a des milliers d'années. La dernière période glaciaire a atteint son point culminant il y a 18 000 ans. À cette époque, les glaces recouvraient 30 % des terres, dont la plupart des régions d'Amérique du Nord, d'Europe, d'Asie, et jusqu'en Nouvelle-Zélande et dans le sud de l'Argentine. Le niveau des eaux baissa parfois de plus de 100 m.

L'évolution du climat est ce qui a le plus affecté la vie des populations de l'âge de la pierre. Il s'est refroidi pendant des milliers d'années, puis est lentement redevenu plus tempéré. Cela s'est reproduit à plusieurs reprises, modifiant chaque fois le paysage, la faune et la flore. Pendant les périodes froides, appelées glaciaires, le niveau des mers baissait et s'éloignait des côtes. Des hardes d'animaux paissaient sur de vastes superficies, et la toundra nue et glacée s'étendait loin vers le nord. L'adoucissement du climat et la fonte des glaciers entraînèrent la remontée des eaux et la formation d'îles, tandis que les forêts commençaient à recouvrir les plaines.

CHASSEUR DE CERFS
Pendant les périodes chaudes, ou interglaciaires, les animaux de la forêt, comme ce cerf, remplaçaient les bisons, les mammouths et les rennes, qui remontaient vers le nord. Les hommes commencèrent à chasser ces animaux de la forêt.

LA FAUNE DU FROID
Le mammouth est le plus gros des mammifères et des herbivores adaptés au climat froid. Le mastodonte a vécu en Amérique du Nord. Le renne, le cheval, le bœuf musqué, le rhinocéros laineux et le bison étaient aussi très répandus.

LA DISPARITION DES ANIMAUX

Ce mammouth a été peint sur la paroi d'une grotte dans le sud-ouest de la France. Vers 10 000 ans av. J.-C., le mammouth et le rhinocéros laineux ont disparu du centre et de l'ouest de l'Europe, ainsi que le bison et le renne. En Amérique du Nord, le mastodonte, les camélidés, et d'autres gros animaux se sont aussi éteints 9 000 ans av. J.-C. Il en a été de même en Afrique tropicale pour plusieurs animaux de la savane.

LE SANGLIER

Le porc, comme le sanglier, est adapté à la vie dans les forêts grâce à ses défenses et à ses pattes qu'il utilise pour labourer le sol afin d'en extraire les racines. Le porc est l'un des premiers animaux domestiqués car il mange pratiquement tout ce qu'on lui donne.

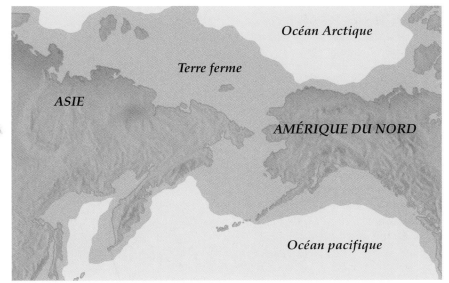

Océan Arctique

Terre ferme

ASIE

AMÉRIQUE DU NORD

Océan pacifique

PONT TERRESTRE

Cette carte montre comment deux grands continents étaient reliés par la toundra pendant la dernière période glaciaire. Venus d'Asie, les hommes préhistoriques purent traverser le détroit de Bering pour passer en Amérique du Nord. Après la fonte des glaces, la mer sépara de nouveau les deux continents. Il y eut de nombreux ponts terrestres de ce genre dans plusieurs régions du monde, comme à l'emplacement de la Manche, entre la Sicile et la Tunisie.

ISOLEMENT DES ÎLES

Les falaises blanches de Douvres sont un des plus célèbres paysages de la Grande-Bretagne. Pendant la dernière période glaciaire, l'Irlande et la Grande-Bretagne étaient reliées à la France par la terre ferme. Avec le réchauffement du climat, les terres les plus basses furent envahies par la mer. En 6 000 ans av. J.-C., la Grande-Bretagne était devenue une île.

MIGRATIONS ET NOMADISME

Les premiers hommes ne vivaient pas toujours au même endroit. Ils étaient nomades et se déplaçaient tout au long de l'année pour trouver de la nourriture. Ils chassaient les animaux sauvages, ramassaient les baies, les noix et les plantes. C'était des chasseurs-cueilleurs. Se déplacer d'un endroit à un autre s'appelle du nomadisme si le but est de suivre les troupeaux. C'est une migration si ce déplacement est définitif, et causé par un désastre naturel comme un feu de forêt ou une éruption volcanique. Les changements de climat et l'accroissement de la population obligeaient aussi les gens à chercher de nouveaux territoires. Quand les humains surent cultiver la terre, beaucoup s'installèrent d'une manière permanente pour s'occuper de leurs récoltes.

LA TRANSHUMANCE DES TROUPEAUX

Un gros troupeau de rennes commence sa migration de printemps dans le nord de la Norvège. Les Lapons vivent depuis les temps les plus anciens dans les régions arctiques au nord de la Suède, de la Norvège et de la Finlande.
Ils élèvent des troupeaux de rennes pour leur viande et leur lait, et vivent sous des tentes appelées *lavos*.

HARPON EN BOIS DE CERF

Ce harpon en bois de cerf a été découvert à Star Carr dans le nord du Yorkshire, en Grande-Bretagne.
On peut facilement tailler des petites pointes dans le bois de cerf. Une fois fixé sur une lance, il peut harponner le poisson ou le gibier.

DES CAMPEMENTS SAISONNIERS

Au mésolithique, les chasseurs-cueilleurs changeaient de campement plusieurs fois dans l'année. Ils chassaient le cerf et le chevreuil dans les forêts. Les poissons, les coquillages, les phoques et les oiseaux sauvages étaient ramassés ou attrapés. La viande, les peaux, les bois des cerfs étaient préparés et mis de côté pour l'hiver.

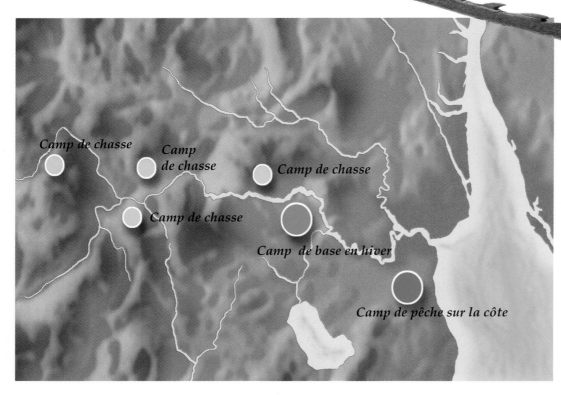

Camp de chasse

Camp de chasse

Camp de chasse

Camp de chasse

Camp de base en hiver

Camp de pêche sur la côte

LES INDIGÈNES D'AMÉRIQUE

Les Indiens des plaines d'Amérique du Nord étaient des nomades et vivaient dans des tentes coniques en peau de bison appelées tipis. Ceux des plaines orientales, comme au Dakota (voir ci-dessus), étaient sédentaires. Ils n'habitaient dans les tipis que pendant les chasses d'été et d'automne. Au XIXe siècle, les Indiens des plaines furent contraints par le gouvernement des États-Unis de vivre dans des réserves, où ils tentèrent de préserver leur mode de vie.

LES ARBRES

Les changements de climat ont entraîné des modifications de la flore. Les bruyères, les mousses et les lichens poussaient dans la toundra qui recouvrait une grande partie des terres durant les époques glaciaires. Sur les bords de la toundra, on trouvait des forêts de pins, de mélèzes et d'épicéas. Avec le réchauffement du climat, on vit apparaître le bouleau blanc. Peu à peu, il fut remplacé par le chêne, le noisetier et l'orme. La forêt s'étoffa et fournit alors suffisamment de gibier pour que les gens n'aient plus besoin de se déplacer.

Mousse   *Pin*

LES NOMADES DU DÉSERT

Bien que leur nombre soit en diminution, les Bédouins mènent toujours une existence de pasteurs nomades, au Proche-Orient et en Afrique. Ils élèvent des chameaux, des moutons et des chèvres, qui leur procurent du lait et de la viande. Ils vendent aussi leurs animaux pour acheter de la farine, des dattes, du sucre, du café ou du thé.
Ils vivent dans des tentes en poil de chameau. Ils se déplacent d'un pâturage à un autre à la recherche de quelques touffes d'herbe pour leurs animaux, comme l'ont fait leurs ancêtres depuis des milliers d'années.

LES STRUCTURES SOCIALES

À l'âge de la pierre, le monde comptait très peu de gens. Les chercheurs estiment que la population totale, vers 13 000 ans av. J.-C., ne dépassait guère 8 millions d'habitants. Aujourd'hui, nous atteignons presque les 6 milliards. On peut essayer d'imaginer la vie des hommes de cette époque en étudiant celle des chasseurs-cueilleurs actuels.

Les gens vivaient en famille comme nous, mais ils étaient regroupés et formaient des clans, dont tous les membres étaient liés entre eux par leur mère ou par mariage. Chaque clan devait être fort pour protéger ses membres, mais pas trop important pour qu'il ne devienne pas difficile à diriger. Tout le monde, y compris les enfants, participait à la collecte de la nourriture. Les clans étaient probablement regroupés en tribus qui parlaient la même langue et suivaient les mêmes coutumes. Les clans d'une même tribu se réunissaient sans doute à certaines époques de l'année, comme pour la chasse d'été. Quand les peuples commencèrent à pratiquer l'agriculture, la population augmenta et la vie sociale devint plus complexe.

LA DÉESSE MÈRE
Cette sculpture en terre cuite trouvée en Turquie date de 6 000 ans av. J.-C. Elle a pu être utilisée pour vénérer la déesse mère. La lignée familiale suivait celle de la mère car c'est elle qui donne la vie, tandis que le père peut rester inconnu.

LE CHAMAN, CHEF SPIRITUEL
Cette peinture du XIXe siècle montre des chamans d'Amérique pratiquant une danse rituelle. Les chamans étaient les chefs spirituels de la tribu. Ils connaissaient les chants, les danses, les cérémonies et les prières qui plaisaient aux esprits de la nature et les rendaient favorables. Comme à l'époque préhistorique, le chamanisme est encore pratiqué de nos jours dans les sociétés de chasseurs-cueilleurs.

CHEF TRADITIONNEL

Cet homme est un chef Zoulou d'Afrique du Sud. Son importance se remarque à ses vêtements et à ses bijoux. À l'époque préhistorique, les tribus ont pu être gouvernées par des chefs ou par un conseil des anciens. Le corps d'un chef découvert dans une sépulture à Sungir, en Russie, et datant de 23 000 ans av. J.-C., portait une coiffure ornée de six canines de renard, et une parure de 3 500 perles en ivoire.

SCÈNES DU TEMPS JADIS

Des peintures sur des abris sous roches dans le désert du Sahara montrent des chasses à l'hippopotame et des bergers menant le bétail. Sur d'autres, on voit des femmes broyant des céréales pour faire de la farine, et même une famille avec un chien. Ainsi, en 6 000 ans av. J.-C., cette région était fertile et abritait des communautés bien organisées.

STATUETTE CYCLADIQUE

Entre 3 000 et 2 000 ans av. J.-C., l'archipel grec des Cyclades a produit quelques-unes des plus remarquables sculptures de la préhistoire. Celle-ci, en marbre, représente une femme élancée, les bras croisés autour de la taille. On a également retrouvé des figurines cycladiques représentant des musiciens avec des harpes et des flûtes. Ces sculptures proviennent de sociétés complexes.

UN MODE DE VIE TRADITIONNEL

Ci-contre, un homme aide un jeune garçon à se préparer pour un rite de passage en Papouasie-Nouvelle-Guinée. Les coutumes traditionnelles restent très fortes dans ce pays qui abrite de nombreuses tribus isolées. Dans certains villages, les hommes vivent ensemble à l'écart des femmes et des enfants. Ainsi, ils peuvent organiser plus facilement leurs activités, comme la chasse.

CALCUL ET COMMUNICATION

Au moins 300 000 ans av. J.-C., nos lointains ancêtres communiquaient déjà entre eux par des mots et des gestes. Un langage plus complexe est sans doute apparu pour transmettre des connaissances et un savoir-faire. Les chasseurs utilisaient peut-être des signes pour traquer le gibier, laissant des indices sur leur chemin et imitant le cri des animaux et le chant des oiseaux.

À partir de 37 000 ans av. J.-C., les gens se sont mis à graver des signes sur des os et à utiliser des cailloux pour compter. Ils ont peut-être commencé à compter les jours sur des bâtonnets striés utilisés comme calendriers. Sur certaines peintures rupestres, on a remarqué des points et des symboles qui ont pu constituer une première forme d'écriture.

Vers 7 000 ans av. J.-C., les marchands du Proche-Orient se servaient de jetons marqués de symboles pour représenter des nombres et des objets. Ils ont p être à l'origine de l'écriture qui est apparue 3 000 an avant notre ère, sous la forme d'une écriture figurée par des coins et appelée cunéiforme.

UN BÂTON À ENCOCHES

Des entailles sur des bâtonnets en bois ou, comme ci-contre, sur un os de babouin ont pu servir à compter ou à faire office de calendrier. Celui-ci date de 35 000 ans av. J.-C. Des bâtonnets semblables sont encore utilisés de nos jours par des populations d'Afrique australe.

IMAGES ET SYMBOLES

Cette peinture rupestre de la grotte de Lascaux, montrant un cheval sauvage date de 15 000 ans av. J.-C. Le cheval est entouré de symboles qui servaient peut-être à garder la trace des animaux migrateurs.

PRENDRE UNE EMPREINTE

Matériel : pâte à modeler qui sèche à l'air, rouleau, tablette, spatule, papier de verre, peinture acrylique jaune et rouge, eau, deux vaporisateurs.

1 Étale la pâte à modeler en lui donnant l'allure d'une paroi de grotte. Coupe les bords avec la spatule pour figurer une tablette de pierre.

2 Laisse sécher la pâte à modeler. Quand elle a durci, ponce-la au papier de verre pour éliminer les aspérités et obtenir une surface lisse.

3 Mélange les peintures avec de l'eau et remplis les vaporisateurs. Pose une main sur la tablette d'argile et vaporise la peinture jaune autour.

ÉVOLUTION DE L'ÉCRITURE

Cette tablette sumérienne en argile date de 3 100 ans av. J.-C. Elle utilise des caractères symboliques pour raconter une moisson. Avec l'évolution de l'écriture cunéiforme, pour exprimer des idées abstraites comme le bien et le mal, on a changé les symboles déjà en usage, souvent en ajoutant des signes.

DES SIGNAUX DE FUMÉE

Cette gravure de la fin du XIXe siècle montre des Indiens d'Amérique utilisant des signaux de fumée pour communiquer. Les êtres humains ont passé la plus longue partie de leur histoire sans disposer de l'écriture, mais cela ne les empêchait pas toujours de communiquer ou de noter les informations importantes.

HAUT LES MAINS

Ces empreintes de mains ornent les parois d'une grotte en Argentine. On en a retrouvé l'équivalent en Europe, en Afrique et en Australie. Les artistes signaient peut-être ainsi leur travail.

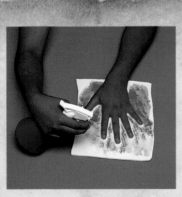

4 Laisse ta main à la même place, vaporise la peinture rouge, de façon à obtenir un contour bien net.

5 Quand tu as terminé, retire délicatement la main sans faire de tache et laisse sécher la tablette.

L'artiste argentin, auteur de l'original, a procédé autrement pour poser son empreinte. Il ou elle a soufflé dans un roseau ou a carrément craché la peinture sur la paroi de la grotte !

LES ABRIS

Les hommes ont toujours cherché à se protéger contre les intempéries. Depuis 100 000 ans, le climat était généralement beaucoup plus froid qu'aujourd'hui. En été, les gens vivaient dans des huttes en pleine nature mais, quand arrivaient les rigueurs de l'hiver, ils trouvaient refuge dans des grottes. Ils amoncelaient des pierres à l'entrée pour se protéger du vent et construisaient des huttes à l'intérieur pour augmenter cette protection. En été, les chasseurs qui poursuivaient le gibier construisaient des abris de branches et de feuilles, tandis que leur famille restait au campement dans des huttes faites de branches recouvertes de peaux d'animaux. Dans la toundra, ils construisaient des huttes avec des tibias et des défenses de mammouth. Partout, ils s'établissaient près d'une source d'eau douce.

GROTTES ET ABRIS SOUS ROCHES

Il y a 100 000 ans, les hommes de Neandertal du sud-ouest de la France ont habité cette grotte. En général, ils vivaient à l'entrée de la grotte, pour bénéficier de la lumière et de la chaleur du soleil.

UNE MAISON EN OS DE MAMMOUTH

Voici la reconstitution d'une hutte de chasseurs de mammouths trouvée en Ukraine et datant de 13 000 ans av. J.-C. Les espaces entre les ossements étaient comblés avec de la mousse et des broussailles. L'ensemble était recouvert de peaux ou de tourbe.

UNE MAISON DE CHASSEUR

Matériel : pâte à modeler qui sèche à l'air, planchette, spatule, carton, peinture acrylique brun-vert, pot à eau, pinceau, brindilles, règle, ciseaux, colle, fausse herbe ou tissu vert.

1 Avec la pâte à modeler, modèle des os et des défenses de mammouth de longueurs différentes. Fabrique aussi des cailloux.

2 Avec la spatule, travaille l'extrémité des os et donne aux pierres des formes irrégulières. Laisse sécher en séparant bien les éléments.

3 Étale grossièrement de l'argile sur un morceau de carton. Peins en brun-vert et laisse sécher.

UNE MAISON MOBILE

Ce tipi a été fabriqué en 1904 par les Cheyennes qui vivent dans les grandes plaines des États-Unis. Les peuples préhistoriques habitaient dans des huttes et des tentes comme celle-ci, faites de branches et recouvertes de peaux d'animaux. Elles se montaient et se démontaient vite, et se transportaient.

Ce genre d'habitat était indispensable pour les populations qui suivaient les migrations des animaux.

ABRIS DE TOURBE ET DE PIERRE

Voici les abords d'une maison néolithique de Skara Brae, dans l'archipel des Orcades (nord de l'Écosse). Construites environ 3 000 ans av. J.-C., les maisons étaient creusées dans le sol et recouvertes de tourbe. Elles étaient reliées les unes aux autres par des passages couverts.

UN VILLAGE ENSEVELI

Les maisons du village de Skara Brae étaient en pierre, car il n'y avait pas d'arbres sur place. Même le mobilier était en pierre. Le village fut entièrement enseveli par une tempête de sable 2 000 ans av. J.-C. Il fut ainsi préservé jusqu'en 1850, année où il fut dégagé par une autre tempête.

Quand le bois était rare, les chasseurs posaient de lourds ossements de mammouth pour maintenir en place la tourbe et les peaux d'animaux sur la tente.

4 Avec des ciseaux, coupe les brindilles à 15 cm de longueur. Il t'en faudra à peu près huit de même longueur.

5 Enfonce les brindilles dans la pâte à modeler pour construire une charpente conique. Colle quelques pierres sur la pâte à modeler.

6 Recouvre les brindilles avec la fausse herbe – ou le tissu – et colle-la, mais sans recouvrir les pierres sur le sol.

7 Colle soigneusement sur la tente les gros os et les défenses de mammouth. Mets des petits os dans les intervalles. Laisse sécher.

LE FEU ET LA LUMIÈRE

Notre ancêtre *Homo erectus* apprit à utiliser le feu il y a 700 000 ans au moins. Il pouvait ainsi faire cuire sa nourriture, se chauffer et s'éclairer pendant la nuit. Le feu servait à éloigner les animaux sauvages et à durcir l'extrémité des pointes des épieux en bois. *Homo erectus* se procurait des brandons enflammés pendant les feux de forêt. Le feu était entretenu en permanence dans les campements et emporté lorsque le clan se déplaçait. Par la suite, les hommes apprirent à faire du feu en frottant deux morceaux de bois très secs l'un contre l'autre, puis ils remarquèrent qu'une pierre frappée contre un morceau de pyrite produisait une étincelle. Faire du feu devint ensuite plus facile avec l'invention de l'archet.

UNE LAMPE EN PIERRE

Les artistes de la préhistoire utilisaient des lampes en pierre comme celle-ci pour décorer les parois des grottes, il y a 17 000 ans. Une mèche en mousse, en ficelle ou en fourrure était trempée dans un récipient en pierre rempli de graisse animale. On se servait aussi d'éclats de bois ou de joncs plongés dans la cire d'abeille ou la résine.

AUTOUR DU FOYER

Intérieur d'une maison néolithique de Skara Brae, dans les Orcades. Au centre se trouve un foyer en pierre, entouré de lits, de sièges, et d'une sorte de buffet également en pierre. La fumée du foyer s'échappait par un trou dans le toit recouvert de tourbe. Les grosses pierres autour du foyer protégeaient celui-ci des courants d'air.

UN ARCHET
POUR FAIRE DU FEU

Matériel : grosse baguette, canif, papier de verre, teinture pour bois, pot à eau, brosse, balsa, couteau de modéliste, pâte à modeler, épingles, ciseaux, peau de chamois, raphia ou paille.

1 Demande à un adulte de tailler en pointe avec le canif l'extrémité de la baguette. Le tranchant de la lame doit toujours s'éloigner du corps.

2 Ponce la baguette et peins-la avec la teinture. Demande à un adulte de découper la base de balsa et peins-la également.

3 Prends le canif pour creuser un petit trou au centre de la pièce de balsa. La pointe de la baguette doit entrer dedans.

FEU DE BROUSSE

Avant de savoir faire du feu, les hommes préhistoriques prenaient des braises sur les feux produits accidentellement par le frottement naturel de l'herbe sèche ou par la foudre, comme ici en Afrique. Ils commencèrent à faire cuire les aliments et à utiliser des plantes, toxiques quand elles sont crues mais inoffensives une fois cuites, ainsi que certaines racines. Le feu était aussi employé pour forcer les animaux à tomber dans des pièges.

FAIRE DU FEU

Un Bochiman du Kalahari allume du feu. Avec ses paumes, il fait tourner très vite une tige en bois. La pointe de la tige repose sur un morceau de bois où se trouve une mèche, comme de la mousse séchée.
Le frottement produit une chaleur de plus en plus forte qui finit par allumer l'herbe. Quand celle-ci est enflammée, l'homme y ajoute de l'herbe sèche et des brindilles.

Pour que le bâton tienne droit, les hommes préhistoriques le surmontaient d'une pierre ou d'un morceau de bois.
Il y avait quelquefois une pièce en bois qui permettait de tenir le bâton avec la bouche et laissait l'autre main libre pour tenir la base.

4 Étale la pâte à modeler et découpe la forme d'un os. Fais un trou à chaque extrémité et lisse les bords avec les doigts. Laisse durcir.

5 Avec les ciseaux, découpe dans la peau de chamois une bande deux fois plus longue que l'os. Cette lanière servira à actionner l'archet.

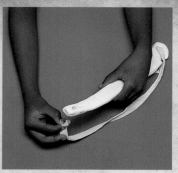

6 Fixe la bande de cuir à l'os en la passant par les deux trous. Fais un nœud à chaque extrémité pour la maintenir en place.

7 Mets le raphia ou la paille sur le balsa. Enroule deux fois la lanière autour de l'archet et place la pointe dans le trou de la pièce de balsa.

DE LA NOURRITURE POUR TOUS

Les chasseurs-cueilleurs de l'âge de la pierre avaient une nourriture variée. Ils avaient peu à peu découvert les plantes qu'ils pouvaient manger. Du printemps à l'automne, les femmes et les enfants cueillaient des graines, des baies comme les myrtilles, des noix et des racines. Ils ramassaient les œufs des oiseaux, des feuilles et des pousses de végétaux. En été, ils récoltaient des pois, des haricots, des courges, des concombres, des figues, ainsi que des myrtilles et des airelles. En automne, ils ramassaient les amandes, les pignons, les noix, les noisettes et les glands. Ils les stockaient dans la terre pour l'hiver, et séchaient les fruits et les baies pour les conserver. Insectes, chenilles et escargots complétaient le menu. Le miel sauvage et les herbes aromatiques donnaient du goût aux plats. Ils déterraient les racines avec des bâtons et rangeaient les provisions dans des sacs en peau ou des paniers tressés.

PIC
Ce pic, appelé aussi bâton à fouir, a été taillé dans un bois de cerf il y a près de 6 000 ans. Le trou servait sans doute à fixer un manche en bois.

LARVE D'INSECTE
Cette larve du genre termite est considérée comme un régal par les Aborigènes australiens. Les insectes, tels que les fourmis, les sauterelles, les scarabées et les termites, sont très riches en protéines.

LES ŒUFS D'OISEAUX
Ces œufs ont été pondus par un faisan, un oiseau originaire d'Asie. Les peuples de la préhistoire mangeaient toutes sortes d'œufs d'oiseaux, des petits œufs de caille aux gros œufs d'autruche. Les œufs sont très nourrissants. Avec les coquilles, on fabriquait des perles pour les colliers.

UNE COMPOTE
Matériel : grande casserole, 500 g de myrtilles, 500 g de mûres, 200 g de noisettes, une cuiller en bois, un rayon de miel, une cuiller à soupe, une louche, un plat.

1 Choisis toujours des fruits frais et fermes et lave-les. Verse les myrtilles dans la casserole.

2 Fais de même avec les mûres. Avec la cuiller en bois, remue les mûres et les myrtilles en évitant de les écraser.

3 Ajoute les noisettes. Remue les baies et les noisettes pour bien les mélanger.

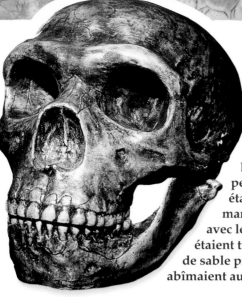

L'USURE DES DENTS

Le crâne de cet homme de Neandertal date de 60 000 ans. En étudiant ces ossements, on peut savoir comment l'homme se nourrissait. Comme à l'âge de la pierre les gens mangeaient peu d'aliments sucrés, les caries étaient rares. Mais comme ils mangeaient beaucoup de graines avec leurs enveloppes, leurs dents étaient très usées. Plus tard, les grains de sable présents dans la farine leur abîmaient aussi les dents.

L'ABONDANCE DE L'AUTOMNE

L'ABONDANCE DE L'AUTOMNE

Les hommes préhistoriques se nourrissaient principalement de végétaux. Chaque clan, ou tribu, avait son propre territoire. Ses membres suivaient peut-être un parcours qui variait avec les saisons. Ils ramassaient les pissenlits et les orties dans les prés. À l'automne, les forêts constituaient une source importante de nourriture sous la forme de fruits et de noix. Dans l'humidité des sous-bois, on trouvait de nombreuses espèces de champignons, dont beaucoup étaient comestibles.

Ortie

Pissenlit

Champignon des bois

RÉCOLTE DU MIEL

Ce chasseur-cueilleur Mbuti, de la république du Congo, se prépare à enfumer un essaim d'abeilles sauvages pour récolter leur miel. Les peuples préhistoriques ont également utilisé le feu pour récupérer le miel. Cela valait la peine, car le miel, apprécié pour sa douceur, est riche en hydrates de carbone.

4 Ajoute six cuillerées à soupe de miel. Demande à un adulte de mettre la casserole sur la cuisinière et de la faire chauffer à feu doux.

5 Laisse mijoter pendant 20 minutes. Quand le mélange est refroidi, avec la louche verse ton dessert dans un plat pour servir.

Les femmes préhistoriques ont peut-être fait cuire des fruits de cette façon pour les conserver... Pour cuire et garder la nourriture, on utilisait des poteries en argile plutôt que le métal.

POISSONS ET COQUILLAGES

Vers la fin de la dernière période glaciaire, il y a 12 000 ans, le climat a commencé à se réchauffer. L'eau fondue des glaciers a envahi les parties basses et créé des lacs, des marécages et des rivières. Les arbres poussèrent dans les pâturages et dans la toundra, tandis que des groupes de chasseurs installèrent des campements, parfois permanents, au bord de la mer, des lacs et des rivières.

La pêche et le ramassage des coquillages prirent de l'importance. Les hommes ramassaient les algues et les fruits de mer, comme les moules, les buccins, les palourdes et les crabes. Ils chassaient aussi les phoques, les oiseaux et toutes sortes de poissons. Les rivières et les lacs regorgeaient de saumons, de brochets, d'écrevisses, de tortues, de canards et de gibier d'eau. Les pêcheurs montaient dans des bateaux ou pêchaient au bord des rivages en utilisant des hameçons, des harpons et des filets. Ils construisaient des barrages sur les rivières, pour y poser des casiers tressés en bois de saule dans lesquels les poissons venaient se faire prendre.

CHASSEUR DE PHOQUE
Le mode de vie de cet Inuit ressemble probablement à celui des chasseurs-pêcheurs de la préhistoire. Les Inuits vivent depuis des milliers d'années sur les côtes de l'océan Arctique.

DES HARPONS EN OS
Ces pointes de harpon en os du sud-ouest de la France datent d'environ 12 000 ans av. J.-C. Ils étaient fixés à l'extrémité d'un bâton et rattachés au pêcheur par une lanière en cuir ou en tendon.

UN HARPON
Matériel : baguette, canif, teinture pour bois, pâte à modeler qui sèche à l'air, tablette en bois, règle, crayon, carton blanc, spatule, colle, pinceau, peinture, pot à eau, lanières en cuir ou cordelette solide.

1 Demande à un adulte de tailler une extrémité de la baguette avec le canif. Les gestes doivent s'écarter du corps.

2 Peins la baguette avec la teinture pour bois et laisse sécher. La teinture doit foncer le bois et le vieillir.

3 Pétris la pâte à modeler sur la planchette pour former un boudin de 15 cm de long environ. Arrondis-le à une extrémité.

LA NOURRITURE DU BORD DE MER

Le bord de la mer procurait à manger pendant toute l'année. Sur les plages de sable et dans le creux des roches, on trouvait des moules, des coques, des buccins, des huîtres, des coquilles Saint-Jacques, des bigorneaux, des couteaux, des crabes et des homards. On ramassait aussi les algues et la salicorne sur les rochers et les falaises.

Crabe

Moule

Salicorne

UN COMBATTANT REDOUTABLE

Le brochet vit dans les lacs et les rivières. C'est un poisson très robuste et un prédateur terrifiant. Les hommes préhistoriques le pêchaient en pirogue entre la fin du printemps et le début de l'été.

MATÉRIEL DE PÊCHE

Les hameçons, taillés dans de l'os, du bois, du silex ou des coquillages, étaient attachés à une ligne solide. Quand on attrapait un poisson, on l'assommait puis on le mettait dans la pirogue.

Les chasseurs de la préhistoire utilisaient des harpons pour attraper les poissons, mais aussi pour chasser le renne et le bison.

DES DÉBRIS DE CUISINE

On retrouve souvent des tas de coquilles en Europe (ici au Danemark), en Australie et en Afrique. Les préhistoriens appellent familièrement ces entassements des débris de cuisine, car ce sont les restes des repas des hommes préhistoriques. Ils sont souvent mélangés avec des outils cassés.

4 Prends une bande de carton d'environ 3 x 10 cm et dessine une rangée de petites pointes que tu découperas avec soin.

5 Avec la spatule, fais une fente d'un côté du harpon en pâte à modeler. Laisse sécher la pâte à modeler, puis glisse les petites pointes dans la fente et colle.

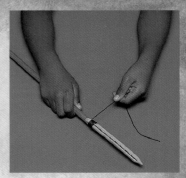

6 Quand tout est bien sec, peins la pointe du harpon de la couleur de la pierre, marron ou gris, par exemple.

7 À l'aide de la lanière en cuir ou de la cordelette, attache solidement la pointe du harpon à l'extrémité amincie de la hampe de bois.

LE GIBIER ET LA CHASSE

Pendant la dernière glaciation, les chasseurs traquaient les grands troupeaux de bisons, de chevaux, de rennes et de mammouths qui peuplaient la toundra et les plaines. Au début, comme ils ne disposaient que de haches en pierre et d'épieux en bois, ils étaient obligés de s'approcher très près. Plus tard, les épieux devinrent des lances avec des pointes en os et en silex, puis des javelots qu'on pouvait lancer plus loin et plus fort. On prenait les animaux dans des pièges ou au collet.

On pouvait aussi précipiter tout un troupeau dans un ravin. Ainsi, on avait des réserves pour l'hiver. Quand les forêts gagnèrent du terrain, on y pratiqua la chasse avec des arcs et des flèches. Vers 12 000 ans av. J.-C., les hommes allaient à la chasse accompagnés de chiens domestiqués.

Chaque partie du gibier était utilisée. On cuisait la viande pour se nourrir. Elle était séchée ou fumée pour être conservée. Avec la peau, on faisait des vêtements, la graisse servait à s'éclairer et les os devenaient des outils.

SCULPTURE D'ANIMAL

Cette représentation d'un bison se léchant le dos a été gravée sur un bois de renne 12 000 ans av. J.-C. Elle fait partie d'un appareil appelé propulseur, destiné à augmenter la vitesse du javelot.

PEINTURE DE BISONS

Ces deux bisons ont été peints dans une grotte en France, il y a plus de 16 000 ans. Les parois de certaines grottes en France, comme à Lascaux, dans le Périgord, ou en Espagne à Altamira, sont ornées de peintures grandeur nature représentant les animaux qu'on chassait. Les chasseurs préhistoriques connaissaient les routes de migration des grands animaux comme les bisons et les rennes. Ils repéraient les animaux faibles et attendaient le moment propice pour les attaquer.

CHASSEURS DE MAMMOUTHS

Ce mammouth laineux a été sculpté dans l'omoplate d'un animal. Les chasseurs se groupaient pour aller à la chasse aux gros mammifères. Un seul animal pouvait nourrir une famille pendant des mois.

LE SAUT DE LA MORT

Sur la gravure ci-dessous, des chasseurs précipitent une harde de chevaux du haut d'une falaise. Ils devaient s'approcher en rampant près des animaux, puis se redressaient en criant pour les affoler. Les squelettes de 10 000 chevaux sauvages ont été retrouvés à cet endroit.

CYCLE DE LA CHASSE

Cette illustration montre les animaux qui étaient chassés dans le sud-ouest de la France, entre 33 000 et 10 000 ans av. J.-C. Le gibier était abondant. Les chasseurs interceptaient les animaux sur les routes de migration selon l'époque de l'année.

BŒUF MUSQUÉ

Aujourd'hui, le bœuf musqué est un des rares grands mammifères à survivre dans la toundra pendant l'hiver. Son corps massif est recouvert d'une fourrure touffue. Pendant la dernière période glaciaire, on chassait le bœuf musqué partout en Europe, en Asie et en Amérique du Nord.

LES PREMIÈRES RÉCOLTES

Près de 8 000 ans av. J.-C., pour la première fois, les peuples du Proche-Orient ont produit leur nourriture. Au lieu de consommer simplement les graines des céréales sauvages, ils commencèrent à les conserver pour les planter l'année suivante. Ils s'aperçurent alors qu'une plus petite partie de territoire suffisait pour nourrir une population plus importante. Ils commencèrent à s'établir d'une manière permanente pour s'occuper de leurs récoltes et surveiller la moisson. Au cours des 5 000 ans qui suivirent, l'agriculture apparut dans le reste du monde, souvent d'une façon indépendante.

Les premières céréales cultivées furent le blé et l'avoine, qui poussent à l'état sauvage dans les collines où il pleut suffisamment. Lorsque la population augmenta, des villages apparurent près des rivières, où les gens pouvaient arroser leurs cultures pendant les périodes sèches.

UN OUTIL EN PIERRE

Cette pièce de silex ébréchée est une lame de houe utilisée en Amérique du Nord entre les années 900 et 1 200. Elle est semblable aux houes employées par les premiers fermiers pour défricher le sol. Des râteaux en bois de cerf permettaient d'enfouir les graines. Le blé mûr était récolté à l'aide d'une faucille munie d'une fine lame en silex.

UNE LAME DE FAUCILLE

Cette lame de faucille en silex a été insérée dans un manche en bois actuel. Les épis de blé mûr étaient cueillis à la main ou récoltés avec des faucilles comme celle-ci.

RIZ SAUVAGE

Le riz est une plante qui pousse dans les endroits humides et chauds, comme les marais. Il constituait une bonne source d'approvisionnement pour les premiers chasseurs-cueilleurs du Sud-Est asiatique. Les grains étaient récoltés à maturité et stockés en prévision des périodes où la nourriture se faisait rare.

LES CÉRÉALES

Dans chaque région, on a domestiqué des plantes qui poussaient librement dans la nature environnante. Le blé et l'avoine existaient à l'état sauvage au Proche-Orient. En Inde, en Chine et dans le Sud-Est asiatique, le riz a été domestiqué 5 000 ans av. J.-C. Le maïs, les courges et les haricots étaient cultivés au Mexique 3 000 ans av. J.-C. Dans les Andes, au Pérou, les principales cultures étaient la pomme de terre, la patate douce et le maïs.

Maïs   *Courge*

BROYAGE DES GRAINS

Cette pierre en forme d'amande, appelée aussi broyeur, a 6 000 ans. Elle servait à broyer grossièrement de la farine pour en faire du pain ou de la bouillie. Avec une lourde pierre à grain fin, on écrasait les grains posés sur une pierre plate. La farine obtenue contenait cependant des grains de sable. Pour faire du pain, on mélangeait de l'eau à la farine, et on formait une boule aplatie, qui cuisait dans un four en argile.

EN LIGNE DROITE

Plusieurs pistes ont été construites à travers les marais dans le sud de la Grande-Bretagne, entre 4 000 et 2 000 ans av. J.-C. Dans certains cas, elles devaient permettre aux paysans d'accéder directement à leurs champs. Les longues tiges de bois employées pour construire la piste ci-dessus nous renseignent sur les forêts environnantes.

UN ESCALIER

Ces cultures en terrasses se trouvent dans la cordillère des Andes, au Pérou. Dans les régions montagneuses où il pleut beaucoup, les premiers cultivateurs ont aménagé des terrasses sur le flanc des montagnes. Les terrasses permettent d'utiliser la moindre parcelle de sol et de lutter contre l'érosion des terres, emportées par les pluies. Elles permettent aussi aux cultivateurs d'utiliser l'irrigation, ou l'arrosage. Une des premières cultures du Pérou a été la pomme de terre, une plante qui peut pousser en altitude.

LA DOMESTICATION DES ANIMAUX

À l'époque où l'on mettait au point l'agriculture, on commençait à domestiquer les animaux. On a chassé moutons, chèvres, porcs et bœufs sauvages pendant des millénaires avant de commencer à les mettre dans des enclos. Il fut alors plus facile de les attraper et, peu à peu, les animaux se sont habitués à l'homme. Les premiers animaux domestiqués de cette façon ont été le mouton et la chèvre au Proche-Orient, 8 500 ans av. J.-C. Les bergers remarquèrent bientôt que les animaux les plus gros avaient souvent des petits qui leur ressemblaient. En ne permettant qu'aux plus belles bêtes de se reproduire, ils ont obtenu des animaux domestiques plus forts et plus grands que les animaux sauvages. De même que le bétail, les poules furent domestiquées pour leurs œufs et leur chair. En Amérique du Sud, le canard et le cochon d'Inde furent élevés pour leur viande, et le lama également pour sa laine. Dans le Sud-Est asiatique, le porc était le principal animal domestique.

BŒUF SAUVAGE

Voici un auroch, ou bœuf sauvage. C'est l'ancêtre de nos bœufs et de nos vaches. Cet animal puissant et farouche a été beaucoup plus difficile à dompter que les moutons et les chèvres. L'auroch fut domestiqué 7 000 ans av. J.-C. Il disparut en 1627, mais, dans les années 30, un biologiste allemand recréa un animal lui ressemblant en croisant, entre autres, des vaches frisonnes et des vaches écossaises.

CHEVAUX SAUVAGES

Les chevaux constituaient la nourriture favorite des chasseurs-cueilleurs préhistoriques. Cette sculpture de cheval sauvage trouvée en Allemagne date de 4 000 ans av. J.-C. Les représentations de chevaux sont nombreuses dans l'art préhistorique. Le cheval a été probablement domestiqué pour la première fois en Russie, vers 4 400 ans av. J.-C. En Amérique, la chasse excessive l'avait décimé 9 000 ans av. J.-C. Au début du XVIe siècle, il fut réintroduit par les premiers explorateurs européens.

CHIENS ET DINGOS

Le dingo est le chien sauvage d'Australie. Il descend de chiens domestiqués introduits dans la région par les Aborigènes il y a plus de 10 000 ans. Le chien a probablement été le premier animal domestique. Son ancêtre, le loup, a été domestiqué pour aider les hommes à chasser et, plus tard, à garder les troupeaux et les maisons. Dans le nord de l'Amérique, les chiens sont utilisés pour tirer les traîneaux dans la neige.

BERGERS DU DÉSERT

C'est probablement au Sahara et au Proche-Orient qu'on a domestiqué les premiers bœufs sauvages. Cette peinture rupestre du Tassili des Ajjer, dans le Sahara central, date de 6 000 ans av. J.-C. À cette époque, la plus grande partie du Sahara était une vaste prairie, parsemée de petits lacs. Cette peinture montre des bergers près de leur maison.

CHÈVRES ET MOUTONS

Sur les peintures rupestres du Sahara, les chèvres et les moutons figurent parmi les premiers animaux domestiqués. On les élevait pour leur viande, leur lait, leur peau et leur laine. On les trouve aujourd'hui à peu près partout.

LAMAS

Le lama a été domestiqué dans le centre du Pérou 3 500 ans av. J.-C. On l'a élevé d'abord pour sa viande et sa laine. Plus tard, on l'a utilisé pour transporter de la nourriture et des marchandises sur de longs trajets.

LA TAILLE DE LA PIERRE

LES PREMIERS OUTILS

Ces galets aménagés, de Tanzanie en Afrique, font partie des tout premiers outils. Ils ont été fabriqués par *Homo habilis*, le premier ancêtre de l'homme, il y a presque 2 millions d'années.

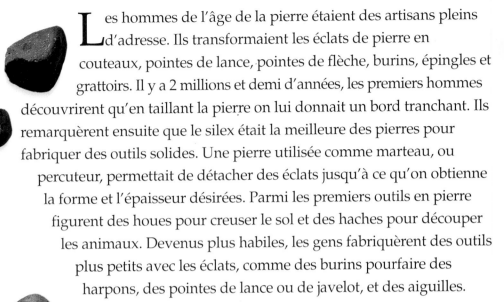

Les hommes de l'âge de la pierre étaient des artisans pleins d'adresse. Ils transformaient les éclats de pierre en couteaux, pointes de lance, pointes de flèche, burins, épingles et grattoirs. Il y a 2 millions et demi d'années, les premiers hommes découvrirent qu'en taillant la pierre on lui donnait un bord tranchant. Ils remarquèrent ensuite que le silex était la meilleure des pierres pour fabriquer des outils solides. Une pierre utilisée comme marteau, ou percuteur, permettait de détacher des éclats jusqu'à ce qu'on obtienne la forme et l'épaisseur désirées. Parmi les premiers outils en pierre figurent des houes pour creuser le sol et des haches pour découper les animaux. Devenus plus habiles, les gens fabriquèrent des outils plus petits avec les éclats, comme des burins pour faire des harpons, des pointes de lance ou de javelot, et des aiguilles.

ÉCLATS

L'homme de Neandertal, ou *Homo sapiens*, était un meilleur artisan qu'*Homo habilis*. Il détachait des éclats d'une pierre pour obtenir des haches (ci-dessus, à gauche et au milieu) selon une forme voulue ou des hachoirs (ci-dessus à droite).

MINE DE SILEX

Grimes Graves dans le Norfolk, en Grande-Bretagne : le silex de cette mine a été exploité vers 2 800 ans av. J.-C. Il était commercialisé dans les régions qui n'en possédaient pas.

UNE HACHE

Matériel : pâte à modeler qui sèche à l'air, planchette, spatule, papier de verre, peinture acrylique grise, baguette épaisse, canif, teinture pour bois, pot à eau, pinceau, règle, peau de chamois, ciseaux.

1 Mets la pâte à modeler en tas. Avec la spatule, donne-lui la forme d'une hache avec une pointe.

2 Quand la pâte à modeler est complètement sèche, ponce la hache au papier de verre pour enlever les principales aspérités.

3 Peins la hache de la couleur de la pierre, gris par exemple. Tu peux utiliser plusieurs tons. Laisse sécher.

POINTE DE LANCE
Les hommes de Cro-Magnon se servaient de longs éclats de silex comme outils. Cette lance en forme de feuille de laurier a été fabriquée il y a 20 000 ans par un artisan très habile. Elle est finement taillée et travaillée sur toute sa surface.

LA MATIÈRE PREMIÈRE
On trouvait surtout les rognons de silex dans la roche calcaire comme la craie, et il était facile de l'extraire. D'autres roches étaient aussi utilisées. Au Proche-Orient et au Mexique, on utilisait l'obsidienne, une roche produite par la lave refroidie. Elle se cassait facilement en laissant un bord tranchant. En Afrique, on a fabriqué des haches et des hachoirs superbes en quartz. Au néolithique, on polissait les haches avec une roche appelée diorite.

Quartz

Chaille (sorte de silex)

LEÇON DE TAILLE
La vie des peuples de l'âge de la pierre dépendait de plus en plus de la qualité de leur outillage. Dans cette reconstitution, un père transmet son savoir-faire à son fils.

HACHES EN PIERRE
Ces haches de combat polies étaient les armes les plus utilisées en Scandinavie à la fin du néolithique.

Les hommes préhistoriques utilisaient des haches pour trancher du bois et couper la chair des animaux. Ils taillaient d'abord la lame, puis la fixaient sur un manche en bois.

4 Demande à un adulte de tailler une extrémité de la baguette avec le canif. Peins-la avec la teinture pour bois et laisse sécher.

5 Pour fixer la hache sur le manche en bois, découpe dans la peau de chamois une longue bande de 2,5 cm de largeur.

6 Pose la hache sur le côté du manche qui a été taillé. Enroule la bande de cuir autour de la hache et du manche en croisant la lanière à chaque tour.

7 Serre bien la lanière et enroule deux fois les extrémités sous la hache. Attache les extrémités ensemble et coupe.

TAILLER LE BOIS ET L'OS

Bien qu'on appelle cette période l'âge de la pierre, le bois, l'os, le bois de cerf ou de renne et l'ivoire étaient aussi importants pour fabriquer des outils et autres ustensiles. Non seulement ces matériaux pouvaient se tailler, mais les marteaux et poinçons en os et en bois de cerf servaient d'outils pour façonner les objets en pierre. Grâce à eux, on obtenait un meilleur tranchant et des éclats de pierre plus minces.

Le bois de cerf ou de renne, l'os, le bois et l'ivoire avaient de nombreuses utilisations. Les pics en bois de renne servaient à extraire des racines et à tailler les grosses pierres en frappant dessus. On sculptait le bois de cerf ou de renne et l'os pour fabriquer des pointes de lance et, de même qu'avec l'ivoire, on en faisait aiguilles, hameçons, harpons, haches, faucilles et couteaux. Le bois servait pour le manche des lances, des harpons, mais aussi des haches, des faucilles et des herminettes, qui permettaient de tailler le bois dont on faisait des arcs et des flèches. Une omoplate de bétail se transformait en pelle, et les os plus petits devenaient des perçoirs pour faire des petits trous dans les peaux. Les petits os fournissaient aussi des sifflets et des godets pour la peinture. Ces objets étaient souvent superbement décorés de gravures d'animaux, de chasse et de jolis motifs.

POINTE DE LANCE

Cette tête de renne sculptée fait sans doute partie d'une pointe de lance. Le bois, l'os et le bois de renne comportent des fentes et des défauts. Les sculpteurs préhistoriques les intégraient dans le dessin pour mieux rendre la silhouette et les caractéristiques de l'animal, tels que les yeux, la bouche et les naseaux. Gravées ou sculptées, les peintures des grottes utilisent souvent aussi la forme naturelle de la roche.

HERMINETTE

L'herminette ressemble à une hache, sauf que la lame est en angle droit sur le manche. Le silex de celle-ci date d'environ 4 000 à 2 000 ans av. J.-C. Son manche en bois et le lien sont récents, car ceux d'origine se sont désagrégés. On se servait de l'herminette en frappant de haut en bas. Elle permettait d'évider un tronc d'arbre, par exemple, pour fabriquer un canot ou l'armature en bois d'une pirogue en peau.

HACHE

Les premiers fermiers avaient besoin de haches pour défricher la terre avant de semer. Une expérience réalisée au Danemark à l'aide d'une hache de 5 000 ans a montré qu'un homme pouvait défricher un hectare de forêt en cinq semaines environ. Ici, la hache, qui date de 4 000 à 2 000 ans av. J.-C., a reçu un nouveau manche de bois.

PIC EN BOIS DE CERF

Les bois de renne étaient aussi utiles à l'homme préhistorique qu'à son propriétaire d'origine ! Cet outil provient d'un site néolithique près d'Avebury, en Grande-Bretagne. Le pic servait à creuser et à extraire. Le bois animal était un matériau plein de ressources. On en faisait des pointes de lance et des harpons, des aiguilles et des propulseurs.

LES ARTISANS

Cette gravure représente la vie à l'âge de la pierre telle qu'on l'imaginait au XIXe siècle. On y voit les outils en usage et le soin apporté au travail. Les objets quotidiens étaient souvent joliment sculptés et décorés par les artisans.

BÂTON SCULPTÉ

Cet objet en ivoire est un bâton de commandement. On a retrouvé plusieurs de ces bâtons, surtout en France. Mais on ne sait pas avec certitude quel en était l'usage. Pour certains spécialistes, c'étaient des symboles du statut social qui montraient l'importance de celui qui le portait. Aujourd'hui, on pense que les trous servaient à redresser les flèches. Ces bâtons sont souvent ornés de superbes gravures d'animaux et de motifs géométriques.

BOIS DE CERF À L'ŒUVRE

Deux cerfs mâles au combat. Les mâles adultes ont de grands bois, avec lesquels ils se battent pour prendre possession du territoire et des femelles. Les mâles perdent chaque année leurs bois, qui repoussent. À l'époque préhistorique, on se servait surtout de bois de renne.

L'ARTISANAT

Le premier artisanat a sans doute été la vannerie, en tressant ensemble des roseaux des rivières et des brindilles. Les paniers étaient fabriqués rapidement et faciles à porter, mais pas très solides. La poterie était plus durable. C'est peut-être par hasard qu'on a découvert que l'argile cuite durcissait, sans doute après qu'un panier enduit d'argile fut tombé dans le feu. Certaines figurines en argile cuite remontent à 24 000 ans av. J.-C. environ, mais il a fallu des milliers d'années pour qu'on se rende compte que la poterie pouvait aussi servir à cuire et à conserver les aliments et la boisson. Les premiers pots furent fabriqués au Japon, vers 10 500 ans av. J.-C. Ils étaient faits avec un serpentin en argile, appelé aussi colombin. On lissait les côtés et on les décorait avant de les faire cuire à l'air libre ou dans un four fermé.

Autre invention du néolithique, le métier à tisser, qui apparut autour de 6 000 ans av. J.-C. Le premier tissage fut sans doute fait de laine, de coton ou de lin.

FIGURINE EN ARGILE CUITE

C'est l'un des objets en argile cuite les plus anciens du monde. On a retrouvé à Dolni Vestonice, en République tchèque, plusieurs statuettes de ce type, fabriquées vers 24 000 ans av. J.-C. Les hommes chassaient alors le mammouth, le rhinocéros laineux et le cheval. Ils construisaient des maisons avec des petits fours ovales, où ils faisaient cuire les figurines.

JARRE CHINOISE

Ce pot élégant était d'un usage quotidien en 4 500 ans av. J.-C. Il fut fabriqué à Banpo, près de Shanghai. Les habitants de Banpo furent parmi les premiers fermiers de la Chine. Ils cultivaient le millet, élevaient des cochons et des chiens pour leur viande. Les potiers fabriquaient des poteries noires de belle facture pour les grandes occasions et cette poterie plus grossière, pour l'usage courant.

UNE POTERIE

Matériel : pâte à modeler qui sèche à l'air, planchette, spatule, pot de fleurs en plastique, outil à décorer, vernis, pinceau, papier de verre.

1 Forme un boudin long et épais sur la planchette. Il doit mesurer au moins 1 cm de diamètre.

2 Dispose-le en colimaçon pour former le fond du pot. Un fond assez petit donnera un pot ; il sera plus large pour un bol.

3 Fais maintenant un boudin plus gros. Enroule-le soigneusement autour de la base pour former le côté du pot.

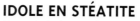

LA VAISSELLE

Beaucoup de pots primitifs étaient décorés d'un motif de vannerie. Celui-ci porte un simple quadrillage et fut fabriqué en Thaïlande vers 3 500 ans av. J.-C. Ce type de poteries servait à stocker les aliments, à transporter de l'eau ou à faire la cuisine.

IDOLE EN STÉATITE

Cette statuette des îles grecques des Cyclades est en stéatite, ou pierre ollaire ou pierre à savon. La stéatite est une pierre très tendre et facile à travailler. Ce type de figurines servait souvent lors des funérailles. On l'utilisait aussi comme objet de culte ou pour faire une offrande à une divinité. Celle-ci porte une croix autour du cou. Le symbole n'a pas ici de signification chrétienne, mais on n'en connaît pas véritablement le sens.

DES FILS TISSÉS

Natte de corde et de rotin originaire de Nazca, au Pérou, fabriquée vers l'an mille. Les hommes de la préhistoire utilisaient de la ficelle en fibre végétale pour tisser des paniers et des sacs. Le tissage le plus ancien qu'on connaisse date d'environ 6 500 ans av. J.-C. et fut trouvé en Turquie. Peu de ces tissages existent encore, car ils pourrissent vite.

Comme il fallait des dépôts naturels d'argile pour qu'il y ait fabrication de céramique, certaines régions semblent s'être spécialisées dans la poterie et la sculpture en terre cuite. Les motifs de décoration varient selon les régions.

4 Avec la spatule, lisse les bords du colimaçon pour bien l'aplatir. Rebouche les trous.

5 Mets ton pot sur le pot de fleurs pour le tenir. Ajoute des boudins de pâte à modeler pour compléter le pot.

6 Lisse les côtés en ajoutant la pâte à modeler. Puis prends un outil à décorer avec une extrémité dentelée pour faire des dessins.

7 Laisse sécher le pot à l'air. Quand la pâte à modeler est sèche, vernis-en l'extérieur. Frotte l'intérieur au papier de verre.

LES HABITS

Les chasseurs de la dernière époque glaciaire ont été sans doute les premiers humains à s'habiller. Ils avaient besoin de se protéger du froid. Les vêtements étaient faits de peaux de bête cousues ensemble avec des bandes de cuir. Les premiers habits comprenaient des pantalons, des tuniques et des manteaux, décorés de perles de pierres colorées, de dents et de coquillages. Il y avait également des bottes en fourrure, attachées avec des liens en cuir.

On préparait les fourrures en étendant les dépouilles pour les gratter. On découpait les vêtements et on pratiquait des trous sur le pourtour à l'aide d'une petite pierre pointue, appelée perçoir. Grâce aux trous, il était beaucoup plus facile d'enfoncer une aiguille en os dans la peau. Les dépouilles nettoyées servaient également à fabriquer des tentes, des sacs et des couvertures. Peu après l'apparition de l'élevage du mouton au Proche-Orient, on a pu tisser la laine. Dans d'autres régions du monde, on s'est servi de fibres végétales, telles que le lin, le coton, l'écorce et le cactus. On colorait le tissage à l'aide de teintures végétales.

PRÉPARER LES PEAUX

Une femme Inuit se sert de ses dents pour assouplir une peau de phoque. Les chasseurs-cueilleurs préhistoriques faisaient probablement de même. On devait attacher les peaux à des piquets et les gratter. Puis on les lavait et on les tendait sur un cadre en bois pour les empêcher de rétrécir en séchant. Ensuite, on les assouplissait.

ÉPINGLES ET AIGUILLES

Ces aiguilles en os vieilles de 5 000 ans viennent de Skara Brae, dans les Orcades. Les hommes préhistoriques fabriquaient des aiguilles et des épingles avec des éclats d'os et de bois de cerf ou de renne.

LA TEINTURE

Matériel : des teintures naturelles (noix, baie de sureau et safran bâtard) qu'on trouve parfois dans les boutiques de produits biologiques, casserole, eau, cuiller à soupe, passoire, grand bol, peau de chamois, carton blanc, T-shirt blanc, cuiller en bois.

1 Prends une teinture, que tu devras peut-être broyer, et mets-en environ 8 à 12 cuillerées dans une vieille casserole.

2 Demande à un adulte de faire bouillir le mélange en le laissant mijoter pendant 1 h. Laisse refroidir. Filtre la teinture pour éliminer les débris.

3 Fais un essai avec un morceau de peau de chamois que tu laisses tremper quelques minutes.

TEINTURES NATURE

Les gens de l'âge de la pierre utilisaient fleurs, tiges, écorce et feuilles pour teindre les tissages. La fleur du genêt des teinturiers et celle de la matricaire donnent des teintes allant du jaune vif au kaki. Le pastel et l'indigo offrent un beau bleu, tandis que l'écorce, les feuilles et le brou de noix fournissent un marron foncé. Les plantes servaient aussi à préparer les peaux. On les assouplissait en les faisant tremper dans un mélange d'eau et d'écorce de chêne.

Genêt des teinturiers

Écorce de bouleau

Écorce de chêne

MATÉRIAUX BRUTS

Cette gravure représente un Inuit chassant le phoque dans l'Arctique. Les animaux fournissaient la peau pour se vêtir, les tendons pour le fil et les os pour les aiguilles. Les vêtements en peau protégeaient du froid et de la pluie et ont permis aux premiers hommes de s'avancer plus loin vers le nord.

BIEN AU CHAUD

Cette femme Nenet de Sibérie, en Russie, porte un manteau en peau de renne, appelé *yagushka*. Les hommes de la préhistoire s'habillaient sans doute ainsi pour se protéger du froid. Un pantalon imperméable, une parka à capuche, des bottes et des mitaines.

CHAUSSONS VÉGÉTAUX

Récemment encore, les Inuits d'Amérique du Nord cueillaient des plantes en été qu'ils tressaient pour fabriquer ce type de chaussons. Ceux-ci épousaient la forme du pied et se portaient à l'intérieur des bottes en peau de phoque.

4 Laisse sécher la peau de chamois bien à plat sur un morceau de carton blanc. Attention de ne pas faire tomber de gouttes de teinture partout.

5 Prépare les deux autres teintures et teste-les de la même manière. Compare les couleurs et fais ton choix.

6 Prends le T-shirt blanc pour le teindre de la couleur que tu as choisie. Veille à ce qu'il soit teint régulièrement partout.

Les fleurs de safran bâtard pour la teinture sont ramassées dès qu'elles s'ouvrent et séchées.

Parures et décorations

HABIT DE CÉRÉMONIE
Ce type d'ornement, qui se voit encore en Papouasie-Nouvelle-Guinée, reflète peut-être la richesse de la parure à l'âge de la pierre.

PEINTURE CORPORELLE
Ces petits Aborigènes d'Australie se sont peint le corps avec de l'argile. Ils ont tracé des motifs datant de plusieurs milliers d'années.

À l'âge de la pierre, hommes et femmes portaient des bijoux. Colliers et pendentifs étaient fabriqués avec toutes sortes d'objets naturels. Galets de couleur vive, coquilles d'escargot, arêtes de poisson, dents d'animaux, coquillages, coquilles d'œufs, noix et graines étaient utilisés. Plus tard, l'ambre et le jade semi-précieux, le jais fossilisé et les perles d'argile faites à la main vinrent s'ajouter.

Les perles étaient enfilées sur des bandelettes de cuir ou sur une cordelette en fibres végétales.

Il y avait aussi des bracelets faits d'une tranche de défense d'éléphant ou de mammouth. Une rangée de coquillages et de dents constituait un joli bandeau. Les femmes se tressaient les cheveux, avec des peignes et des épingles. Les gens se peignaient sûrement le corps et se soulignaient les yeux de pigments tels que l'ocre rouge. Peut-être aussi se tatouaient-ils et se perçaient-ils des trous dans le nez, les oreilles et les lèvres.

OS ET DENTS
Ce collier est constitué d'os et de dents de morse. Il vient de Skara Brae, dans les Orcades. Un trou a été percé dans chaque perle avec un outil en pierre ou un bâton actionné par un archet. On enfilait ensuite les perles sur une bande de cuir ou sur une cordelette.

UN COLLIER
Matériel : pâte à modeler qui sèche à l'air, rouleau, planchette, spatule, papier de verre, peinture acrylique ivoire et noire, pinceau, gobelet d'eau, règle, ciseaux, peau de chamois, carton, papier adhésif double face, colle, lanières de cuir.

1 Étale la pâte à modeler au rouleau sur la planchette et découpe quatre croissants avec la spatule. Laisse-les sécher.

2 Frotte doucement les croissants avec le papier de verre et peins-les couleur ivoire. Tu pourras les vernir plus tard pour les faire briller.

3 Coupe quatre bandes de cuir d'environ 9 x 3 cm. À l'aide du bord d'un morceau de carton, dessine des croisillons sur les bandes.

DÉCORATION NATURELLE

Grâce aux peintures et aux gravures des grottes, on connaît la grande diversité des matériaux utilisés pour fabriquer les bijoux à l'âge de la pierre. Les coquillages étaient fort prisés et certains donnaient lieu à un commerce à longue distance. Parmi les matériaux figuraient les dents de cerf ou de renne, l'ivoire de mammouth et de morse, les arêtes de poisson et les plumes d'oiseau.

Un choix de coquillages

BRACELETS ET BOUCLES D'OREILLES

Ce bijou vient de Harappa, au Pakistan. Il date de 2 300 à 1 750 ans av. J.-C. et est composé de coquillages et de poterie colorée. Les archéologues de Harappa ont trouvé les restes de dizaines d'échoppes qui vendaient des bijoux.

UNE COIFFE DE GUERRIER

Ce guerrier Yali d'Indonésie porte une coiffe en dents de sanglier et un collier de cauris et d'os. Les coiffes et les colliers en dents d'animaux ont pu avoir un sens magique à l'âge de la pierre. Le propriétaire croyait peut-être que les dents conservaient la force ou le courage de l'animal.

À l'Âge de la pierre, on croyait que porter un collier en griffes de léopard vous dotait de pouvoirs magiques.

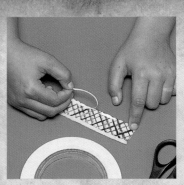

4 Quand ils sont secs, replie les bords de chaque bande et maintiens-les en place à l'aide du papier adhésif.

5 Mets de la colle au milieu des croissants et place la bande de peau autour en formant une boucle, comme ci-dessus.

6 Fais une tresse avec trois rubans de cuir pour fabriquer une lanière. Prévois-la assez longue pour faire le tour de ton cou et une boucle.

7 Enfile les griffes de léopard au milieu de la lanière, en laissant un petit espace entre elles.

41

LES ARTS

Les artistes de l'âge de la pierre avaient un talent fabuleux. Ils travaillaient la pierre, le bois de cerf ou de renne, l'os, l'ivoire et l'argile. Ils peignaient les parois des grottes, gravaient la pierre et l'ivoire, et sculptaient des instruments de musique. Ils représentaient les animaux qu'ils chassaient, de même que des figurines humaines et des dessins abstraits. Personne ne sait vraiment pourquoi ils étaient aussi créatifs. Les premières œuvres d'art datent d'environ 40 000 ans av. J.-C. et sont gravées dans les rochers en Australie. En Europe, les grottes ornées datent de 28 000 ans av. J.-C. Toutefois, la majorité des grottes ornées remontent à environ 16 000 ans av. J.-C. Les parois des grottes du nord de l'Espagne et du sud-ouest de la France sont couvertes d'animaux peints ou gravés. Ces artistes ont également sculpté des silhouettes féminines, qu'on appelle des vénus, et décoré leurs outils et leurs armes. Cette explosion artistique s'achève environ 10 000 ans av.J.-C.

LES VÉNUS
Cette petite figurine, appelée la Vénus de Lespugue, a été découverte en France. Elle date d'environ 20 000 ans av. J.-C. Elle figure sans doute la fertilité d'une déesse. Elle servait peut-être de porte-bonheur.

MUSIQUE ET DANSE
Les grottes ornées de l'âge de la pierre en Europe et en Afrique représentent des hommes qui ont l'air de danser. Cette grotte ornée de Sicile date d'environ 9 000 ans av. J.-C. Les cérémonies de l'âge de la pierre s'accompagnaient sans doute de danse et de musique.

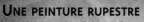

UNE PEINTURE RUPESTRE
Matériel : pâte à modeler qui sèche à l'air, rouleau, planchette, spatule, papier de verre, peintures acryliques, pinceau, gobelet d'eau.

1 Étale pâte à modeler en lui donnant une surface un peu irrégulière, comme la paroi d'une grotte. Découpe-la proprement.

2 Quand la pâte à modeler est sèche, frotte légèrement la surface au papier de verre pour qu'elle soit lisse et que tu puisses peindre.

3 Peins en noir le contour de l'animal que tu as choisi. Ici, la silhouette du renne ressemble à celle qu'on voit dans les grottes.

POTERIE ANCIENNE

Ces deux figurines féminines font partie des plus anciennes céramiques d'Amérique du Sud (terre cuite). Elles datent d'environ 4 000 à 1 800 ans av. J.-C. Leur forme caractéristique et leurs cheveux frisés indiquent qu'elles ont été faites par des gens de la culture de Valdivia. Dans certaines parties du monde, il semble que la poterie ait servi à faire des statuettes bien avant qu'on en fabrique des récipients ou des marmites pour faire la cuisine.

LES MATÉRIAUX DE L'ARTISTE

L'artiste préhistorique fabriquait ses peintures à partir de roches tendres et de minéraux tels que le charbon de bois et l'argile. Il les réduisait en poudre et les mélangeait avec de l'eau ou de la graisse animale. Le charbon de bois servait à marquer les contours noirs et les ombres. La terre colorée, appelée l'ocre, donnait les bruns, les rouges et les jaunes. Une argile appelée kaolin donnait le blanc. On conservait la peinture dans des os creux. Pour les pinceaux, on utilisait des poils d'animaux, de la mousse ou des tiges de bois tendre effilochées.

Ocre   *Charbon de bois*

LA SPIRALE

Ces pierres gravées proviennent du temple de Tarxien, à Malte, et datent d'environ 2 500 ans av. J.-C. Nombre de grands monuments en pierre, construits en Europe à partir de 4 200 ans av. J.-C. environ, portent des motifs géométriques.

4 Dessine les traits les plus visibles de l'animal en exagérant la taille. Les cornes élancées de ce renne le rendent saisissant.

5 Quand le contour est sec, mélange du jaune, du rouge et du noir pour obtenir une couleur chaude dont tu enduiras l'intérieur de l'animal.

6 Finis ton dessin en soulignant certaines parties du corps d'un mélange de marron et de rouge qui ressemble à de l'ocre.

Les artistes de l'âge de la pierre utilisaient du noir, du blanc et des terres colorées.

LE COMMERCE ET LA DISTRIBUTION

À l'âge de la pierre, on n'utilisait pas de billets ni de pièces comme de nos jours. On faisait du troc, des échanges. Quand on voulait un bol, par exemple, on devait donner quelque chose en échange à son propriétaire – un outil ou un ornement. Toutefois, vers la fin de l'âge de la pierre, on a commencé à utiliser des coquillages ou des bagues en pierre comme monnaie d'échange.

Même les groupes de chasseurs-cueilleurs isolés avaient des contacts entre eux et échangeaient des objets, comme des coquillages, des outils ou des peaux. Avec les débuts de l'agriculture, vers 8 000 ans av. J.-C., au Proche-Orient, les échanges sur des longues distances et un système commercial plus organisé se sont mis en place. De nouvelles activités, telles que l'agriculture, la poterie et le tissage, nécessitaient des outils spécialisés, de sorte que les pierres qui convenaient prirent de la valeur. En Europe occidentale, les mines de silex et les carrières de pierre donnaient des lames de hache, qui étaient prisées et s'échangeaient très loin. Parfois, on troquait les objets à des milliers de kilomètres de l'endroit d'où ils venaient.

LES CAURIS
Les cauris, petits coquillages très brillants, font partie de la parure à l'époque préhistorique. On en a retrouvés autour de squelettes dans des sites funéraires, souvent à des centaines de kilomètres de la mer. Plus tard, les cauris ont servi de monnaie en Afrique et dans certaines régions d'Asie.

LA HACHE
Une bonne hache solide est fort utile. Elle l'était surtout pour les premiers fermiers, qui s'en servaient pour déboiser avant de semer. Une hache faite dans une pierre spéciale pouvait s'échanger très loin de son lieu d'origine.

ENTERRÉS AVEC LEURS RICHESSES
Ce site funéraire collectif aux îles Salomon, dans l'océan Pacifique, montre les défunts entourés de coquillages et de parures. Pendant des siècles, les coquillages ont remplacé l'argent – plus longtemps, en fait, qu'une autre monnaie, y compris les pièces. Un trésor en coquillages, découvert en Irak, date de 18 000 ans av. J.-C.

LE COMMERCE DE LA PIERRE

Au néolithique, il y avait un échange important de pierres pour les haches. À Graig, au pays de Galles (ci-contre), la pierre était extraite des éboulis et transportée dans toute la Grande-Bretagne. On la dégrossissait sur place, puis on l'expédiait dans d'autres régions, où on en faisait des haches affûtées et polies.
À Graig, on a aussi retrouvé des haches brutes, inachevées.

LE TRAPPEUR

Un trappeur Cree, dans l'Arctique canadien, transporte ses peaux de martre des pins. Les fourrures étaient sans doute précieuses pour les hommes de la préhistoire, surtout dans les échanges entre chasseurs-cueilleurs et fermiers plus sédentaires. On pouvait les échanger contre de la nourriture ou des objets précieux, tels l'ambre ou des outils.

CUIRS ET PEAUX

Les peaux de renard polaire sèchent à l'air glacé. En hiver, le renard a une fourrure épaisse et blanche, qui lui sert de camouflage dans la neige. Ces peaux ont toujours été très précieuses pour les populations de l'Arctique, autant pour se vêtir et se protéger du froid que pour les échanges.

TRANSPORT SUR TERRE ET SUR MER

Le moyen de transport le plus ancien, à part la marche, est le bateau. Les premiers hommes à aborder l'Australie, peut-être vers 50 000 ans av. J.-C., ont dû utiliser des radeaux faits de troncs d'arbre ou de bambous. Plus tard, on a fabriqué des coracles en osier recouverts de peau, comme en Irlande, des pirogues, creusées dans des troncs d'arbre, et des bateaux en roseau. À terre, on tirait les charges sur des traîneaux en bois.

On se servait de troncs pour faire rouler les charges très lourdes. L'attelage de chevaux, d'ânes et de chameaux, vers 4 000 ans av. J.-C., a révolutionné le transport terrestre. Les premières routes et chaussées ont été construites en Europe vers la même époque. En 3 500 ans av. J.-C. environ, le roue fut inventée en Mésopotamie par des hommes sachant travailler le métal. Elle gagna rapidement l'Europe.

TÊTE DE CHEVAL
Cette tête de cheval gravée dans la pierre provient d'une grotte française. Certains spécialistes pensent que le cheval a pu être domestiqué dès 12 000 ans av. J.-C. Sur certaines gravures, on croit voir des rênes, mais les traits pourraient représenter la crinière.

UN CORACLE
Un pêcheur irlandais dans un coracle, un des types de bateaux les plus anciens. Fait d'une carcasse en osier recouverte de peau, le coracle est utilisé depuis 7 600 ans av. J.-C.

UN MODÈLE RÉDUIT
Matériel : carton, crayon, règle, ciseaux, colle, papier adhésif, compas, pâte à modeler qui sèche à l'air, papier adhésif double face, peau de chamois, aiguille, fil.

Dessus du canoë

— 20 cm —

Dessus du canoë

— 10 cm —

Base du canoë

— 20 cm —

Base du canoë

— 10 cm —

1 Coupe le carton aux dimensions indiquées ci-contre. Pense à découper des demi-cercles sur le côté le plus long des morceaux du dessus.

2 Colle les bases ensemble et les dessus ensemble. Mets du papier adhésif pour consolider. Assemble le dessus et la base de la même manière.

BATEAUX À VOILE

Ce type de bateau recouvert de peau, qu'on appelle oumiak, est utilisé par les Inuits d'Amérique du Nord. Le personnage à l'arrière est le timonier, qui a pour mission de diriger le bateau. Les autres rament. Les anciens Égyptiens semblent avoir été les premiers à utiliser des bateaux à voile, vers 3 200 ans av. J.-C.

PONT DE PIERRE

Le pont de Walla Brook, sur la Dartmoor, est l'un des ponts de pierre les plus anciens de Grande-Bretagne. Les ponts facilitent les voyages et les rendent plus sûrs.
Les premiers ponts ont consisté à placer un tronc d'arbre en travers des rivières, ou à poser des pierres plates dans le gué.

CHARPENTE DE KAYAK

Cette charpente en bois a été fabriquée par un pêcheur Inuit. Il a lié les pièces entre elles avec des lanières de cuir. Ce type de pirogue est en usage depuis des milliers d'années.

Les kayaks des Inuits donnent une idée de ce qu'étaient les bateaux à l'âge de la pierre. L'extérieur était recouvert de peau.

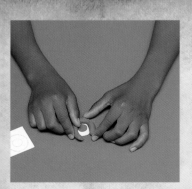

3 Dessine trois cercles de la taille des trous du dessus, avec des cercles plus petits à l'intérieur. Découpe-les. Fais des anneaux en pâte à modeler de la même taille.

4 Recouvre les anneaux de pâte à modeler et de carton de papier adhésif double face. Ce sont les sièges des pagayeurs.

5 Recouvre ton canoë de peau de chamois en laissant des trous pour les sièges. Colle-la bien en place.

6 Prends une aiguille et du fil pour coudre les bords du cuir sur le dessus du canoë. Colle les sièges et les pagaies.

LA GUERRE ET LES ARMES

La guerre et le combat faisaient certainement partie de la vie à l'âge de la pierre. Les squelettes préhistoriques présentent souvent des blessures reçues au cours d'un combat. Ainsi, dans un cimetière égyptien qui date d'environ 12 000 ans av. J.-C., on a retrouvé les squelettes de 58 hommes, femmes et enfants, beaucoup ayant encore les éclats de silex qui les ont tués plantés dans les os. En Afrique du Sud, une gravure sur roche exceptionnelle, qui date de 8 000 à 3 000 ans av. J.-C., montre deux groupes qui se battent avec des arcs et des flèches. Personne ne sait exactement pourquoi ils se battaient. Beaucoup plus tard, les agriculteurs devenant plus nombreux, les conflits pour la possession de la terre se sont multipliés. Les premiers villages s'entouraient souvent de talus, de murs en brique de terre séchée et de hautes barrières en bois pour se protéger.

POINTE DE FLÈCHE AMÉRICAINE

Les chasseurs-cueilleurs d'Amérique du Nord utilisaient ce type d'arme en pierre pour chasser le bison. Cette pointe date d'environ 8 000 ans av. J.-C.

POINTES DE FLÈCHE

Les premières pointes de flèche ont pu être en bois durci au feu. Mais le silex pouvait être beaucoup plus tranchant. Ce stock a été découvert en Bretagne.

UN ARC ET SA FLÈCHE

Matériel : pâte à modeler qui sèche à l'air, rouleau, planchette, spatule, papier de verre, peinture acrylique, pinceau, deux longueurs de baguette très dures (environ 40 et 60 cm), canif, papier adhésif double face, ciseaux, ficelle.

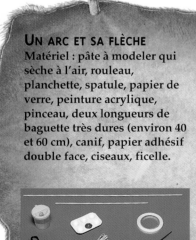

1 Étale la pâte à modeler et avec la spatule découpe la forme d'une flèche. Laisse sécher, ponce au papier de verre et peins en gris.

2 Demande à un adulte de tailler une des extrémités de la baguette la plus courte avec le canif. C'est la hampe (manche) de la flèche.

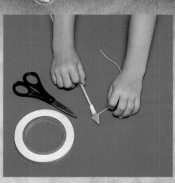

3 Fixe la pointe de flèche sur le bois avec du papier adhésif double face. Enroule la ficelle autour pour faire comme une lanière en cuir.

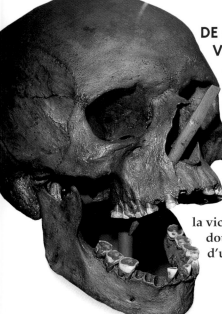

DE MORT VIOLENTE

À l'âge de la pierre, la mort était souvent violente. Ce crâne contient une flèche qui a pénétré par les narines de la victime, sans doute au cours d'un combat.

CHASSEURS OU GUERRIERS ?

Cette peinture rupestre, qui date d'environ 6 000 ans av. J.-C., représente des chasseurs ou des guerriers armés d'arcs et de flèches. Vers 13 000 ans av. J.-C., les chasseurs savaient déjà qu'un arc et des flèches donnaient de meilleurs résultats qu'une lance.

LAMES ET POINTES DE FLÈCHE

Un choix de pointes de flèche et de lames de couteau d'Égypte montre une grande habileté. Des éclats d'environ 20 cm de long servaient de pointes de lance transformées en javelots, en couteaux et en flèches. Les pointes étaient montées sur des manches en bois, collés avec de la résine et des lanières de cuir.

Les chasseurs-cueilleurs portaient de petits arcs légers avec lesquels ils pouvaient tirer très rapidement de nombreuses flèches.

4 Prends la baguette la plus longue pour former l'arc. Attache un grand morceau de ficelle d'un côté de l'arc.

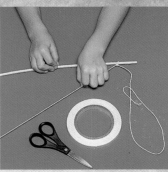

5 Demande à un adulte de t'aider à plier doucement l'arc pour attacher la ficelle de l'autre côté. Mets du papier adhésif pour fixer la ficelle.

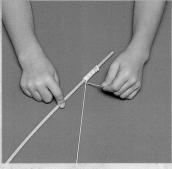

6 Pour maintenir la ficelle en place, enroule-la plusieurs fois à chaque extrémité. Puis fais un nœud et coupe l'extrémité.

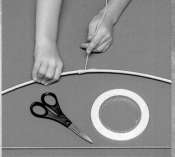

7 Avec du papier adhésif double face, entoure un autre morceau de ficelle au milieu de l'arc pour soutenir la flèche.

RELIGION ET MAGIE

Nous ne pouvons qu'imaginer les croyances des gens de l'âge de la pierre. En l'état actuel de nos connaissances, le premier de nos ancêtres à avoir enterré ses morts est l'homme de Neandertal. Cela donne à penser qu'il croyait en un monde de l'esprit. Les premiers hommes et femmes rendaient probablement un culte à l'esprit des animaux qu'ils chassaient. Certaines peintures et gravures sur les rochers et les parois des grottes ont pu avoir une fonction magique ou religieuse. Les statuettes, qu'on appelle des vénus, étaient sans doute des déesses de la fertilité ou de l'abondance. Les hommes et les femmes croyaient certainement que les maladies et les accidents étaient causés par des mauvais esprits. Un homme, le chaman, avait peut-être pour rôle de parler aux esprits et d'interpréter ce qu'il fallait faire. Quand l'agriculture s'est développée et que les hameaux devinrent des villes, les religions se sont organisées. On a découvert des autels ornés de motifs religieux à Çatal Hötük, en Turquie, site d'une ville bien préservée qui date d'environ 7 000 ans av. J.-C.

TOMBEAU ANCIEN

Le crâne du squelette découvert en France a été parsemé d'ocre rouge. Le rouge a pu représenter le sang ou la vie à l'âge de la pierre. Les corps étaient souvent enterrés sur le côté, les genoux relevés sous le menton. Outils, parures, aliments et armes étaient déposés dans la tombe. Plus tard, les hommes de l'âge de la pierre ont construit des tombes plus élaborées.

BOIS DE CERF RITUELS

Ces bois de cerf ont été retrouvés à Star Carr, en Grande-Bretagne. Certains spécialistes croient qu'ils ont pu être portés par un chaman, une sorte de prêtre, à l'occasion d'une cérémonie d'initiation ou avant la saison de la chasse, pour qu'elle soit favorable.

DÉESSE D'ARGILE

Cette figurine féminine en argile a été retrouvée à Pazardzik, en Bulgarie. De nombreuses sociétés préhistoriques vouaient un culte à la déesse de la Terre, ou déesse mère. Mère du monde, elle donnait la vie aux plantes, aux animaux et aux humains, et assurait ainsi l'avenir de la race humaine.

TRÉPANATION

Faire un trou dans un crâne s'appelle trépaner. Cette opération s'est pratiquée à partir de 5 000 ans av. J.-C. Un outil en silex pointu servait à découper le crâne afin de laisser sortir la maladie. On a retrouvé plusieurs crânes dont l'os commençait à se refermer – ce qui prouve que certains patients ont réussi à survivre à ce procédé terrifiant.

CHARMES ET POTIONS

Dans de nombreuses sociétés de chasseurs-cueilleurs aujourd'hui, le chaman (ou sorcier) peut parler avec les esprits du monde des morts. Dans des cultures comme celle des Indiens d'Amazonie, les chamans soignent les maladies à l'aide de potions faites avec des plantes. Ils utilisent de la quinine, du coca et du curare. Les hommes et les femmes de l'âge de la pierre en faisaient sans doute autant. Les fermiers du néolithique de l'Europe du Nord-Ouest cultivaient du chanvre et du pavot, probablement pour faire des potions magiques et pour les utiliser dans des rituels.

Pavot

CULTE DES ANCÊTRES

Ce crâne vient de Jéricho, au Proche-Orient, et date d'environ 6 000 ans av. J.-C. Avant d'enterrer leurs morts, les habitants de Jéricho en retiraient le crâne. Ceux-ci étaient recouverts de plâtre et peints de manière à rappeler les traits du mort. Des cauris remplaçaient les yeux. Pour certains spécialistes, il s'agirait d'une forme de culte des ancêtres.

DANSE RITUELLE

Cette peinture moderne montre une danse des Aborigènes d'Australie. Les cérémonies traditionnelles comptent beaucoup dans la vie des Aborigènes, comme le prouvent les découvertes sur les sites préhistoriques. Les croyances des Aborigènes maintiennent l'équilibre délicat entre les individus et leur environnement.

DES MONUMENTS EN BOIS ET EN PIERRE

Les premiers grands monuments de pierre furent construits en Europe et datent d'environ 4 200 ans av. J.-C. On les appelle des mégalithes, ce qui signifie grosses pierres en grec, et ils furent construits par des communautés agricoles depuis la Scandinavie jusqu'en Méditerranée. Ce sont les vestiges d'anciens sites funéraires, appelés des tombes à vestibule. Ils ont également pu servir à marquer le territoire d'une communauté. D'autres s'appellent des tombes à couloir. Il s'agissait de tombes communales où on enterrait beaucoup de gens. Plus tard, on a construit des monuments plus volumineux. Des cercles de bois ou de pierres, ou *henges*, tels que Stonehenge (rond de pierres) en Grande-Bretagne, sont apparus. Personne ne sait pourquoi ils sont là. Ce sont peut-être des temples, des lieux de réunion ou des calendriers géants, puisqu'ils sont alignés sur le Soleil, la Lune et les étoiles.

DOLMEN
Ces pierres nues sont les vestiges d'une tombe à plusieurs vestibules, jadis enfouie sous un monticule de terre. Le dolmen, qu'on voit souvent en Bretagne, formait jadis une chambre funéraire.

CERCLE DE BOIS
C'est une reconstitution moderne d'un cercle (*henge*) en bois mis au jour à Sarn-y-Brn-Caled, au pays de Galles. Les hommes ont construit ce type de site à partir de 3 000 ans av. J.-C. Ils servaient à la vie religieuse et sociale.

UN CERCLE DE BOIS
Matériel : carton, règle, compas, crayon, ciseaux, pâte à modeler ocre, petit rouleau, planchette, spatule, baguettes de 1 cm et de 5 mm de diamètre, papier de verre, peinture acrylique marron, pinceau, imitation d'herbe, colle forte, teinture pour bois, brosse.

1 Découpe un cercle en carton d'environ 35 cm de diamètre. Étale la pâte à modeler, mets le cercle dessus et découpe-la.

2 Presse sur le pourtour du cercle et à espaces réguliers l'extrémité de la baguette de 1 cm d'épaisseur. Trace à l'intérieur un autre cercle d'environ 10 cm de diamètre.

3 Presse la baguette autour du second cercle pour faire cinq trous à espaces réguliers. Laisse sécher. Ponce et peins en marron.

TEMPLE EN PIERRE

Voici le temple de Hagar Quim, à Malte. Beaucoup de temples mégalithiques furent construits sur cette île entre 3 600 et 2 500 ans av. J.-C. Les plus anciens ont des murs d'au moins 6 m de long et 3,50 m de haut. Le plus imposant est l'Hypogée, taillé sur trois niveaux en sous-sol.

DES PIERRES DRESSÉES

La construction de Stonehenge a demandé plusieurs siècles entre 2 800 et 1 400 ans av. J.-C. Le premier site était formé d'un remblai circulaire, composé d'un talus et d'un fossé. Plus tard, de gros blocs de grès taillés ont été dressés. Les pierres sont alignées sur le lever du Soleil du solstice d'été et sur le coucher du Soleil du solstice d'hiver, de même que sur les positions de la Lune.

TOMBE À COULOIR

Cette pierre est couchée à l'entrée d'une tombe à couloir à Newgrange, en Irlande. La tombe est formée d'un monticule circulaire avec une chambre funéraire au centre, au bout d'un couloir. Les pierres qui forment le couloir sont décorées de spirales et de cercles.

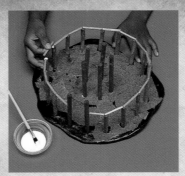

Les cercles de bois pouvaient avoir jusqu'à cinq rangées de poteaux, de plus en plus grands vers le centre.

4 Couvre la base de fausses touffes d'herbes, colle-les. Attention de ne pas recouvrir complètement les trous.

5 Dans la baguette de 5 mm, découpe des bâtonnets pour les poteaux et les linteaux. Coupes-en sept plus grands. Peins-les et laisse sécher.

6 Colle les bâtonnets dans les trous que tu as faits. Quand c'est sec, colle les linteaux à cheval pour achever ton cercle de bois.

VOYAGE DE LA VIE

Les hommes et les femmes de l'âge de la pierre faisaient des cérémonies pour célébrer les différents stades de la vie, tels que la naissance, le mariage ou la mort. Les cérémonies d'initiation marquaient le moment où garçons et filles entraient dans l'âge adulte. La durée de vie était alors beaucoup plus courte qu'aujourd'hui. Les vieilles gens étaient des membres honorés du clan, car elles pouvaient transmettre leur savoir. La plupart des gens dépassaient la trentaine, mais peu arrivaient à la soixantaine. Ils ne pouvaient pas faire grand-chose contre la maladie et l'infection, et beaucoup de bébés mouraient à la naissance. Cependant, quand la chasse et la nourriture étaient abondantes, les chasseurs-cueilleurs avaient, semble-t-il, la vie plus facile que les fermiers, qui travaillaient dur et sans relâche.

STATUETTE DOGGU
Cette figurine Jomon du Japon, en argile, date de 2 500 à 1 000 ans av. J.-C. Ces figurines étaient souvent utilisées pour les rituels funéraires et, dans certains cas, étaient ensevelies dans la tombe.

SITE FUNÉRAIRE
Cette tombe du nord-est de la France date d'environ 4 500 ans av. J.-C. Ces premiers fermiers furent enterrés dans de petits cimetières, souvent avec des parures en coquillages, des herminettes et des pierres pour broyer les céréales.

UNE TOMBE À COULOIR
Matériel : carton, compas, crayon, règle, ciseaux, rouleau, planchette, pâte à modeler ocre qui sèche à l'air, ébauchoir, argile blanche à prise rapide, colle forte, brosse, compost, cuiller, tissu vert.

1 Découpe deux cercles en carton de 20 et 25 cm de diamètre. Étale la pâte à modeler et découpe autour avec la spatule.

2 Place le petit cercle sur le plus grand et recouvre-le de pâte à modeler. Avec la spatule, dessine le corridor et la chambre.

3 Étale la pâte à modeler blanche et découpe-la en carrés. Fais des rochers avec certains carrés et fais des grosses pierres plates avec les autres.

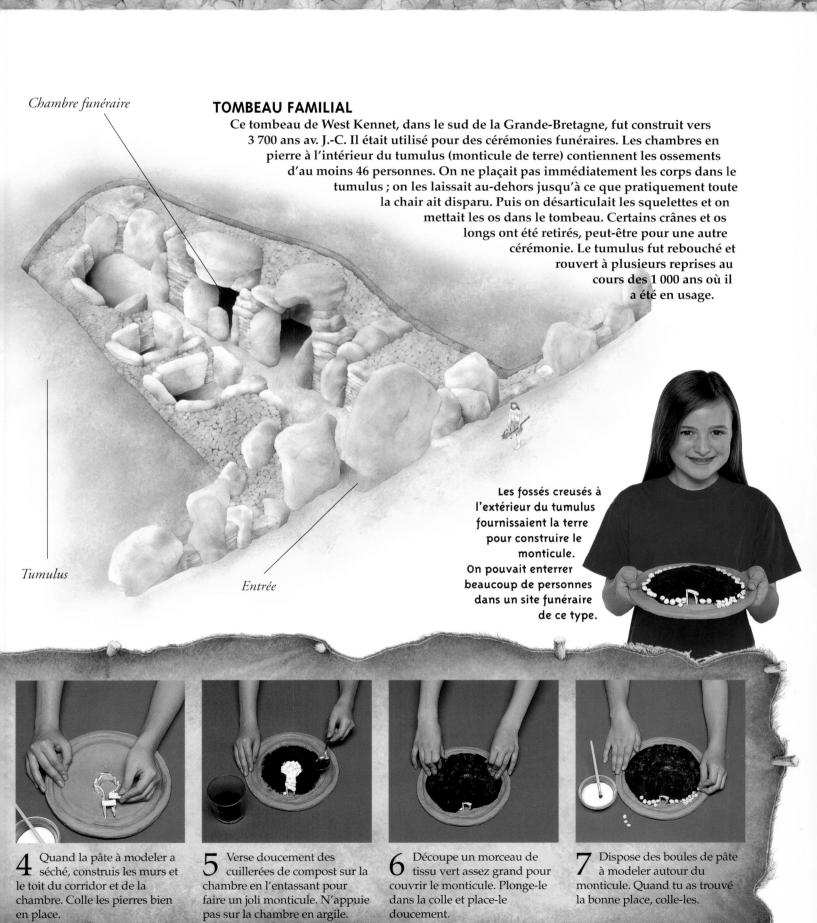

TOMBEAU FAMILIAL

Ce tombeau de West Kennet, dans le sud de la Grande-Bretagne, fut construit vers 3 700 ans av. J.-C. Il était utilisé pour des cérémonies funéraires. Les chambres en pierre à l'intérieur du tumulus (monticule de terre) contiennent les ossements d'au moins 46 personnes. On ne plaçait pas immédiatement les corps dans le tumulus ; on les laissait au-dehors jusqu'à ce que pratiquement toute la chair ait disparu. Puis on désarticulait les squelettes et on mettait les os dans le tombeau. Certains crânes et os longs ont été retirés, peut-être pour une autre cérémonie. Le tumulus fut rebouché et rouvert à plusieurs reprises au cours des 1 000 ans où il a été en usage.

Chambre funéraire

Tumulus

Entrée

Les fossés creusés à l'extérieur du tumulus fournissaient la terre pour construire le monticule. On pouvait enterrer beaucoup de personnes dans un site funéraire de ce type.

4 Quand la pâte à modeler a séché, construis les murs et le toit du corridor et de la chambre. Colle les pierres bien en place.

5 Verse doucement des cuillerées de compost sur la chambre en l'entassant pour faire un joli monticule. N'appuie pas sur la chambre en argile.

6 Découpe un morceau de tissu vert assez grand pour couvrir le monticule. Plonge-le dans la colle et place-le doucement.

7 Dispose des boules de pâte à modeler autour du monticule. Quand tu as trouvé la bonne place, colle-les.

LES VILLAGES NÉOLITHIQUES

Quand les hommes et les femmes adoptaient l'agriculture, ils devaient rester un certain temps au même endroit. Dans certaines régions, les fermiers pratiquaient le déboisement et le brûlis. Ils défrichaient la terre, mais se déplaçaient après quelques années, quand les cultures avaient épuisé le sol. Ailleurs, les premiers établissements agricoles ont donné des villages cinq à dix fois plus grands que les campements des chasseurs-cueilleurs. Au début, les fermiers chassaient et mangeaient encore des racines, mais bientôt les troupeaux et les cultures ont pu les nourrir. Leurs maisons étaient en pierre, en brique sèche, ou en bois et en chaume, rectangulaires ou rondes, à un étage. Elles étaient reliées entre elles par des ruelles ou des cours. La plupart des villages sont installés dans les terres basses, à proximité des rivières. Plus tard, grâce à l'irrigation et à la rotation des cultures, les fermiers pourront rester longtemps au même endroit.

L'INTÉRIEUR D'UNE MAISON LONGUE
La maison longue servait autant de lieu de travail que d'abri pour la famille et les animaux. Autour du foyer de cette maison reconstituée se trouvent des paniers en osier et des peaux étendues sur le sol. Des outils sont rangés contre les murs.

UNE MAISON LONGUE
Reconstitution d'une maison longue dans un village agricole primitif en Europe. Le village date d'environ 4 500 ans av. J.-C.

UNE MAISON DE VILLE

Cette image représente une maison de Çatal Höyük, en Turquie. Les murs étaient en brique de terre séchée, avec un toit de branchages recouverts de joncs et de terre. Toutes les maisons se touchaient, il n'y avait pas de rues et, pour entrer, on grimpait à une échelle pour passer par le toit. La pièce principale de la maison avait des endroits surélevés pour s'asseoir et se coucher.

Plus d'un millier de maisons font ainsi bloc à Çatal Höyük.

MURS DE PIERRE

Voici les vestiges des murs d'une maison d'un ancien village en Jordanie. Il fut construit vers 7 000 ans av. J.-C. avec des pierres ramassées aux alentours. Les premiers villages et villes agricoles sont apparus au Proche-Orient. La plupart sont construits en brique de terre séchée et, au fil des siècles, ces établissements ont souvent été reconstruits sur le même site.

LE FOUR

Beaucoup de maisons possédaient un four à pain ou de potier. Le four de potier permettait d'atteindre des températures plus élevées qu'un foyer ouvert, de sorte qu'on obtenait de meilleures céramiques.

LA FIN D'UNE ÉPOQUE

La fin de l'âge de la pierre correspond au développement des villes. La toute première fut sans doute Jéricho, au Proche-Orient. Vers 8 000 ans av. J.-C., un village agricole y fut construit sur le site d'un ancien habitat. Vers 7 800 ans av. J.-C., Jéricho comptait près de 2 700 habitants. Datant d'environ 6 500 ans av. J.-C., Çatal Höyük, en Turquie, était devenu à la même époque une grande cité regroupant environ 5 000 personnes. Les habitants de ces villes n'étaient pas tous fermiers. Il y avait aussi des artisans, des prêtres et des commerçants. Quand le travail des métaux s'est répandu, les gens ont alors pu disposer de meilleurs outils et ont produit plus de nourriture. L'amélioration de l'agriculture a conduit aux premières civilisations, avec une main-d'œuvre, une armée et un gouvernement dominé par des rois et des prêtres. Ces civilisations se sont développées dans les régions fertiles de l'Irak, de l'Égypte, de l'Inde et de la Chine, annonçant la fin de l'âge de la pierre.

UNE MINCE FIGURINE
Cette statuette féminine fut exécutée vers 2 000 ans av. J.-C., dans les îles grecques des Cyclades. Sa minceur contraste avec la silhouette très ronde des statuettes féminines plus anciennes. Elle poursuivait peut-être la tradition des figurines symbolisant la fertilité, ou déesses mères, dans les nouvelles sociétés urbaines.

JÉRICHO
Vers 8 000 ans av. J.-C., des fermiers ont construit un établissement à Jéricho, au Proche-Orient. L'endroit était entouré d'un fossé et de massives murailles en pierre. Elles partaient d'une grande tour ronde, dont on a retrouvé les vestiges, montrés ci-dessous. Les habitants de Jéricho faisaient du commerce avec des groupes de chasseurs-cueilleurs nomades.

UNE FIGURINE
Matériel : planchette, pâte à modeler ocre qui sèche à l'air, spatule, pot en verre, colle forte (mélangée avec de l'eau pour vernir), un pinceau.

1 Dans la pâte à modeler, pétris une forme triangulaire aplatie pour faire le corps. Puis fais un gros boudin pour les bras et les jambes.

2 Coupe deux morceaux de boudin pour former les bras. Puis deux autres pour les jambes.

3 Joins les bras au corps en lissant les points de jonction et en formant les épaules avec la spatule.

SARGON D'AKKAD

Cette sculpture sumérienne date d'environ 2 300 ans av. J.-C. et représente Sargon, roi d'Akkad. Sumer, une des premières civilisations du monde, est apparu dans le sud de la Mésopotamie (aujourd'hui, l'Irak) vers 3 200 ans av. J.-C. Les Sumériens étaient de grands commerçants.

UNE POTERIE RAFFINÉE

Cette superbe céramique date de l'époque Jomon, au Japon, et a été réalisée vers 3 000 ans av. J.-C. Les Japonais ont fabriqué de la poterie dès 10 500 ans av. J.-C. et la culture Jomon s'est développée jusque vers 300 ans av. J.-C. L'argile est un matériau important dans la fabrication de la céramique.

Une figurine préhistorique en argile qui rappelle celle surnommée « Le Penseur ». Elle fut exécutée en Roumanie, vers 5 200 ans av. J.-C.

POIDS ET MESURES

Comme le commerce se développait, on avait besoin d'un système correct de poids et de mesures. Ces poids et ces plateaux viennent de la ville de Mohenjo-Daro, centre de la civilisation d'Harappa au Pakistan.

4 Pétris un morceau de pâte à modeler pour faire le cou et une boule pour la tête. Sculpte les traits du visage. Joins la tête et le cou au corps.

5 Adosse la figurine contre le verre pour la soutenir. Fixe les jambes et fais les pieds en pinçant les extrémités, comme sur le dessin.

6 Replie en avant un bras, puis l'autre et mets les mains contre son visage, avec les coudes posés sur les genoux.

7 Laisse sécher la pâte à modeler, puis retire doucement le verre. Vernis la figurine et laisse-la sécher sur place.

L'Âge de la pierre aujourd'hui

Le développement du travail des métaux et de l'agriculture a changé notre mode de vie, mais très lentement. De vastes régions du monde ont continué de vivre à l'âge de la pierre. Dans beaucoup d'endroits, les hommes ont encore mené une vie de chasseur-cueilleur, même s'ils connaissaient les méthodes de l'agriculture. En outre, de vastes régions du monde sont restées isolées les unes des autres jusqu'à récemment. Sans l'usage du métal, les hommes et les femmes de l'âge de la pierre ont développé leurs propres sociétés complexes et avancées. Ainsi, vers 1 000 ans av. J.-C., les habitants de l'Asie du Sud-Est avaient colonisé un grand nombre d'îles du Pacifique en franchissant 600 km sur l'Océan. C'était beaucoup plus que ce que les hommes osaient parcourir loin des côtes.

Les sociétés de l'âge de la pierre ont survécu jusqu'au XXᵉ siècle. Les Inuits de l'Arctique, les Aborigènes d'Australie et les chasseurs-cueilleurs San d'Afrique du Sud continuent de préserver un mode de vie datant de plusieurs millénaires.

PEUPLES DE L'ARCTIQUE

Voici un Nenet de Sibérie, en Russie. Les Nenets partagent le mode de vie traditionnel des Inuits d'Amérique du Nord. Aujourd'hui, la plupart vivent dans des petits villages ou des villes, mais ils sont très fiers de leur culture. Ils préservent leur langue, leur art et leurs chants, et considèrent la chasse comme une partie essentielle de leur patrimoine.

PAPOUASIE-NOUVELLE-GUINÉE

Ces hommes participent à une danse traditionnelle spectaculaire de Papouasie-Nouvelle-Guinée. Les hauts plateaux de la région ont formé une barrière naturelle entre les différents groupes. Cela a contribué à préserver une grande diversité de cultures et de langues. Beaucoup, dans les petits villages, continuent de cultiver leur propre nourriture et de chasser dans les forêts denses.

ABORIGÈNES D'AUSTRALIE

En Australie aujourd'hui, 200 ans après l'arrivée des Européens, certains Aborigènes tentent de maintenir un mode de vie traditionnel. Il y a des millénaires, leurs ancêtres ont fort bien su cultiver la patate douce, mais ils ont choisi de rester chasseurs-cueilleurs. En harmonie avec l'environnement, ils disposaient de tout le gibier et des végétaux nécessaires, de sorte que l'agriculture était superflue et, tout compte fait, plus pénible.

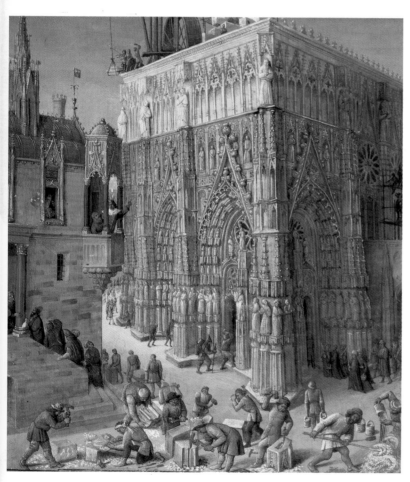

DES PIERRES MYSTÉRIEUSES

Entre l'an 1 100 et 1 600, des têtes géantes de 12 m de haut ont été taillées dans la roche volcanique et dressées sur l'île de Pâques. C'est une des îles les plus isolées du Pacifique.

TAILLEURS DE PIERRE

Ce détail d'une illustration, qui date du début du XVe siècle, montre les tailleurs de pierre en plein travail. Une vaste main-d'œuvre et des outils en métal ont permis peu à peu à la pierre de jouer un rôle plus important dans la construction. Il fallait couper la pierre, la tailler et la transporter. On trouve dans le monde beaucoup de bâtiments en pierre, dont certains ont plusieurs millénaires.

GLOSSAIRE

A

Amadou : fibres végétales qui prennent feu à la première étincelle.

Ancêtre : membre de la même famille mort depuis longtemps.

Archéologie : étude scientifique du passé à partir des objets que les hommes ont laissés, par exemple des outils.

Archet : petit arc muni d'une courroie qui sert à donner un mouvement alternatif à une tige de bois pour faire des trous dans l'os et le coquillage, et aussi à produire de la chaleur pour allumer le feu.

Australopithèque (singe du Sud) : ancêtre des êtres humains qui ressemble aux grands singes. Le premier hominidé à marcher debout.

B

Baguette à encoches : morceau de bois ou d'os, portant des entailles pour marquer le nombre d'objets ou de jours.

Biface : gros outil en pierre, taillé sur les deux faces et en forme d'amande, qui tient dans la paume de la main.

Broyeur : pierre ronde ou ovale qui servait à broyer ou à écraser les grains sur une meule.

Burin : sorte de ciseau de maçon.

Archet

C

Chaman : un guérisseur ou une guérisseuse qui communique avec les esprits et en tire ses pouvoirs.

Chasseur-cueilleur : personne qui vit de la chasse des animaux sauvages, de la pêche, du ramassage des coquillages et de certains insectes, de la cueillette des baies, des plantes, et de l'extraction de racines.

Pirogue

Clan : groupe de gens liés entre eux par leurs ancêtres ou par mariage.

Coracle : petit bateau arrondi fait d'osier recouvert d'une toile ou d'une peau imperméable (genre kayak).

Cunéiforme : premier système d'écriture en forme de coins. Il fut inventé par les Sumériens de Mésopotamie.

D

Datation au carbone 14 : méthode très précise pour dater les objets.

Déesse de la fertilité : déesse qui, croyait-on, donnait la vie à tout : plantes, animaux et humains.

Dolmen : vestiges d'une tombe formée d'une très grosse pierre plate posée sur le sommet de plusieurs pierres levées.

E

Enclos, cercle, henge : monument funéraire plus ou moins circulaire de l'Âge du fer, en bois ou en pierre.

Espèce : groupe d'animaux (ou de plantes) de la même sorte qui peuvent se reproduire ensemble.

Évolution : changements qui se produisent progressivement, sur des millions d'années, dans une espèce animale ou végétale, quand elle devient plus complexe.

Extinction : disparition complète, ou mort, d'une espèce animale ou végétale.

F

Faucille : outil à lame courbe, qu'on utilise pour la moisson.

G

Glaciaire : période de l'histoire de la Terre, où elle était en grande partie recouverte de glace. Les périodes glaciaires s'appellent aussi « âges glaciaires ». Les périodes intermédiaires, plus chaudes, s'appellent « périodes interglaciaires ».

H

Harpon : sorte de lance dont la hampe est reliée au lanceur par une corde et l'extrémité munie d'une pointe à crochets qui reste fixée dans l'animal.

Herminette : outil pour déboiser. Sa lame est en angle droit avec le manche.

Hominidés : les humains et leurs ancêtres les plus récents.

Homme de Cro-Magnon : le premier homme moderne en Europe. Il a été découvert pour la première fois dans une grotte des Eyzies, en Dordogne.

Homo erectus **(homme debout) :** les premiers humains à utiliser le feu et un abri pour vivre sous des climats plus froids.

Homo habilis **(homme habile) :** les premiers humains à fabriquer des outils.

Homo sapiens **(homme sage) :** espèce à laquelle appartiennent les humains modernes et l'homme de Neandertal.

Mammouth

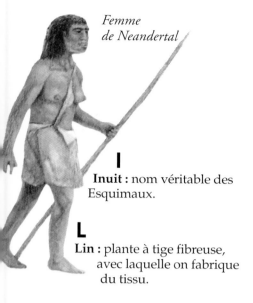

Femme de Neandertal

I

Inuit : nom véritable des Esquimaux.

L

Lin : plante à tige fibreuse, avec laquelle on fabrique du tissu.

M

Mammouth : animal disparu de l'époque glaciaire, assez proche de l'éléphant.

Mégalithe : grand monument en pierre.

Mésolithique (Âge de la pierre moyenne) : période qui a commencé il y a environ 12 000 ans, à la fin du paléolithique, et qui s'est terminée au néolithique, avec les débuts de l'agriculture.

Mésopotamie : région fertile entre le Tigre et l'Euphrate, où se sont développées les premières cités.

Meule : en préhistoire, pierre plate ou creusée sur laquelle on broyait le grain.

N

Neandertal : un groupe d'*Homo sapiens*, qui furent les premiers à enterrer leurs morts.

Néolithique (Âge de la pierre nouvelle) : période qui a commencé il y a environ 10 000 ans avec la domestication des céréales et des animaux, et qui a duré jusqu'à ce que le travail du métal se soit développé.

Nomade : membre d'un groupe qui accompagne la transhumance des animaux.

O

Ocre : type de terre de teinte rouge ou jaune, qui sert de pigment (colorant) dans la peinture.

Oumiak : bateau à rames, fait d'os de baleine, recouvert de peau de morse et imperméabilisé à l'huile de phoque. Il a une voile et les Inuit s'en servaient pour chasser la baleine.

P

Paléolithique (Âge de la pierre ancienne) : période qui a commencé il y a environ 2 millions d'années, quand on a fabriqué les premiers outils.

Pirogue : sorte de canoë taillé dans un tronc d'arbre.

Poinçon : petit outil pointu pour faire des trous dans les peaux.

Baguette à encoches

Pont terrestre : bande de terre qui reliait deux masses de terre pendant les glaciations en raison de la baisse du niveau des mers, dont une partie des eaux se trouvait sous forme de glace sur les continents.

Préhistoire : époque qui précède les textes écrits.

Proche-Orient : région comprenant les pays à l'est de la Méditerranée, y compris la Mésopotamie.

Propulseur : outil qui faisait comme un prolongement du bras pour donner plus de force pour projeter une lance.

R

Rhinocéros laineux : mammifère de l'époque glaciaire disparu.

S

Silex : pierre dure qui s'écaille facilement. Elle servait à fabriquer d'autres outils de pierre et des armes.

Symbole : marque peinte ou gravée, qui a une signification spéciale comprise de tous.

T

Talus : levée de terre qu'on a construite comme mur de défense autour des premiers villages.

Tendon : relie le muscle à l'os. À l'époque de la préhistoire, les tendons des animaux servaient de fil à coudre.

Tipi : tente conique, maison des Indiens nomades d'Amérique du Nord.

Tombe à vestibule : tombe commune formée d'un monticule. Un long corridor conduit à la chambre intérieure.

Toundra : région sans arbres, où le sol est constamment gelé sous la surface. Les hivers rigoureux sont suivis d'une courte saison d'été, où la nature se réveille.

Trépanation : pratiquer un trou dans le crâne de quelqu'un. Cette opération était utilisée à l'époque de la préhistoire pour que la maladie s'échappe du corps.

Tribu : groupe de personnes qui partagent une langue, un mode de vie.

Troc : échange de produits l'un contre l'autre.

V

Vénus : statuette féminine. Elle a souvent de fortes hanches, une poitrine épanouie, des grosses cuisses et un gros ventre. Elle était peut-être le symbole de la fertilité ou de l'abondance, qu'on vénérait. On la portait aussi comme porte-bonheur.

Vénus

INDEX